CARRÉ NOIR

COLLECTION SÉRIE NOIRE
créée par Marcel Duhamel

Nouveautés du mois

1926 — LE FILS DU VENT
(JEAN-PAUL DEMURE)

1927 — LE DIABLE ET SON JAZZ
(NAT HENTOFF)

1928 — LA VEILLÉE DES ROMBIÈRES
(MAX COLLINS)

1929 — CAME DANS LE COIN
(RICHARD A. MOORE)

DOROTHY B. HUGHES

A jeter
aux chiens

TRADUIT DE L'AMÉRICAIN
PAR RAOUL HOLZ

nrf

GALLIMARD

Titre original :

THE EXPENDABLE MAN

© Dorothy B. Hugues, 1963.
© Éditions Gallimard, 1964 pour la traduction française.

CHAPITRE I

La plaine couleur de sable s'étirait à perte de vue. A l'horizon, les collines étaient voilées de brume.

Il faisait bon se retrouver sur la route, laisser derrière soi le vacarme de la ville, une fois traversée la voie ferrée. Il était six heures passées, mais le soleil de ce début de mai avait rendu l'après-midi torride et accumulé sur Indio comme une lourde chape de chaleur qui, dès l'entrée en ville, suffoquait.

Hugh s'était arrêté dans un restauroute. Il le regretta dès l'instant où il eut garé sa voiture car, presque aussitôt, la vieille guimbarde qui lui avait fait une demi-douzaine de queues de poisson dans les rues d'Indio déboucha en trombe dans la contre-allée du restaurant et stoppa dans un hurlement de freins. Elle était bondée d'adolescents braillards et gesticulants. Sans leur prêter attention, Hugh attendit que l'une des serveuses lui apporte un menu, et commanda un sandwich au bacon et à la tomate, avec du café glacé. Le vieux tacot avait redémarré dans une série d'explosions émises par le pot d'échappement crevé et il put manger en paix.

Son addition payée, il alluma une cigarette et reprit la route de Phœnix. Si à Indio la chaleur était étouffante, ici dans le désert, en fin de journée, commençait à monter la fraîcheur du soir.

Hugh roulait depuis quelque temps déjà sur l'immense plaine quand il distingua devant lui une tache plus sombre sous un bouquet d'arbustes. Était-ce un être humain, assis à l'ombre, en train de se reposer? A plus de vingt kilomètres de la ville, cela semblait impossible. Pas la moindre voiture sur la route et aussi loin que portait le regard, pas trace d'habitation.

Et pourtant, il ne s'était pas trompé. A l'approche de la voiture, l'ombre se leva et attendit. Hugh n'était pas assez imprudent pour ramasser un auto-stoppeur en rase campagne, cependant il ralentit et s'aperçut au passage qu'il s'agissait d'une très jeune fille. Quelques mètres plus loin, il s'arrêta et passa en marche arrière. Déjà, la fille avait ramassé ses affaires et s'était mise à courir vers la voiture. Hugh baissa la glace.

— Je vous emmène? proposa-t-il.

Elle ne répondit pas tout de suite. Elle restait là à le dévisager. C'était une gamine du genre de celles qu'il avait vues devant le restauroute. Elle n'était pas jolie, elle avait seulement un visage jeune, mince, effronté, avec des lèvres outrageusement fardées; les mèches de ses cheveux, qu'elle avait à coup sûr décolorés elle-même, s'échappaient en tous sens de sous un foulard vert et orange, aux tons criards. Elle portait un pantalon vert collant avec des socquettes blanches et des sandales de toile. Une chemise d'homme, blanche à fines raies bleues, d'une propreté douteuse et bien trop grande pour elle, lui tombait presque aux genoux. Elle serrait sous son bras un blazer de club universitaire, à rayures marron et jaune d'or, et tenait d'une main un sac en plastique blanc et de l'autre une petite valise de toile.

Il répéta sa question d'un ton plus sec :

— Alors, vous montez ou non?

— Oh... oui, pourquoi pas?

Et, soudain décidée, elle ouvrit la portière et s'engouffra dans la voiture.

Hugh embraya et poussa le moteur jusqu'à la vitesse maxima autorisée : 110 kilomètres à l'heure. Du coin de l'œil, il vit sa passagère déposer sa mallette sur le sol, et la coincer du pied contre la portière comme pour la protéger — à croire qu'elle était bourrée d'or et de bijoux.

Loin devant, sur la route, il aperçut la silhouette d'une auto qui venait à leur rencontre. La nuit tombait et il alluma ses phares. L'autre voiture les croisa, fonçant vers Indio, et il constata que c'était encore une guimbarde bondée de jeunes excités. Un instant, il eut peur. Si c'était la même bande qui l'avait tarabusté en ville ? Peut-être était-il tombé dans un piège en embarquant cette fille. Qui sait s'ils n'allaient pas faire demi-tour et le poursuivre ? Il ne se détendit qu'une fois la voiture hors de vue. « Quel idiot je fais », se dit-il. Il s'étonnait toujours de l'effet que de vieux souvenirs peuvent produire sur un homme présumé cultivé et civilisé.

La jeune fille, tassée sur son siège à côté de lui, considérait fixement le long ruban de la route qui s'étirait devant elle.

— Comment étiez-vous arrivée jusque là ? demanda Hugh.

— J'ai fait du stop, répondit-elle de mauvaise grâce.

— Comment se fait-il qu'on ne vous ait pas conduit plus loin ? Il n'y a pas de ranch dans le secteur.

Elle réfléchit avant de répondre.

— Un type m'a emmenée jusque-là, et puis je... je n'ai pas aimé ses façons, et je suis descendue.

Ça pouvait être vrai.

— Où allez-vous ?

— A Phœnix.

— En stop?

— Je ne peux pas faire autrement. (Elle prit un ton de défi.) Je n'ai ni argent ni Cadillac, moi.

— La voiture n'est pas à moi, dit-il, sans préciser toutefois qu'il l'avait empruntée à sa mère. Vos parents savent que vous allez à Phœnix en auto-stop?

— Ma famille s'occupe pas de ce que je fais, rétorqua-t-elle. (Puis après un silence :) Je vais à Phœnix... voir ma tante.

Elle avait hésité. Nettement. Cette tante, à coup sûr, elle venait de l'inventer.

— Et vos études? s'enquit Hugh.

— On est en vacances jusqu'à lundi. Il y a un congrès de profs, ou un truc comme ça.

Là elle n'avait pas hésité. Voilà donc pourquoi tant d'adolescents vadrouillaient dans Indio.

— Quel âge avez-vous? demanda-t-il brusquement.

— J'ai... dix-huit ans, répondit-elle avec irritation.

Elle en avait seize au grand maximum, peut-être même quatorze ou quinze. En tout cas, pas dix-huit.

— Où habitez-vous? A Indio?

— Non, à Banning... Et vous?

— Los Angeles.

— Qu'est-ce que vous faites dans la vie?

— Je suis médecin.

— Sans blague?

Elle se tourna à demi sur son siège pour mieux l'examiner.

— Sans blague, répondit-il avec bonne humeur. Je suis interne au centre Hospitalier de l'Université de Californie.

— Et comment vous vous appelez?

— Hugh Densmore. Et vous?

— Iris Croom.

C'était peut-être vrai. Son hésitation pouvait signifier simplement qu'elle ne tenait pas à lui dire son nom.

Elle était retombée dans un profond silence et regardait à nouveau fixement la route. Puis soudain, elle se tourna vers lui :

— J'ai faim.

— Tout ce que j'ai à vous proposer, c'est du chewing-gum, dit-il en tirant le paquet de sa poche.

— C'est toujours ça, merci.

Au bout d'un moment, elle sortit de son sac des épingles à cheveux et un peigne de poche noir, ôta son foulard et commença à se coiffer. A la radio du tableau de bord, Johnny Mathis chantait. Elle l'accompagnait en fredonnant.

— Vous avez un flirt à Phœnix? demanda Hugh.

— Pourquoi vous me demandez ça?

— A vous voir vous bichonner...

— Je ne veux pas arriver à Phœnix avec une tête à faire peur. Je me suis trempé les cheveux en me baignant cet après-midi.

— Je vous signale que je ne vais pas directement à Phœnix, spécifia Hugh. Ce soir, je veux faire étape à Blythe.

— Dommage. (Elle renoua le foulard sur sa tête, enfila sa lourde veste.) Je vais dormir, annonça-t-elle.

— Il n'est que huit heures.

Elle eut un petit sourire entendu :

— Je n'ai guère fermé l'œil la nuit dernière.

— Voulez-vous passer derrière? Vous pourrez vous étendre.

— Pas la peine. Il fait plus chaud devant.

Elle eut un petit rire étouffé et se tourna de côté, la tête sur le dossier. Elle s'endormit presque immédiatement. Hugh le sut parce qu'elle ronflait très légèrement. Il continua à rouler dans la nuit.

Elle se réveilla quand un énorme camion-citerne les croisa dans un bruit de tonnerre, faisant osciller la voiture. Un instant, ses yeux brouillés de sommeil regardèrent Hugh avec une expression de crainte. Mais elle reprit vite ses esprits et dit :

— Oh! c'est vous! Où on est?

— A une quinzaine de kilomètres de Blythe.

— Vous avez toujours l'intention de vous y arrêter?

— Oui, bien sûr, mais je vous trouverai d'abord une place dans un autocar.

— Je peux pas prendre le car, répliqua-t-elle, morose, j'ai pas d'argent.

— Écoutez-moi bien, Iris, si c'est bien votre nom, reprit Hugh, impatienté. Vous ne me ferez pas croire que vos parents vous ont laissée partir pour Phœnix sans un billet de car.

— Mes parents, vous les connaissez pas. Quand j'ai dit à mon père que je partais pour Phœnix, il m'a répondu « Va-t'en si ça te chante », c'est tout.

— Et votre mère?

— Ma mère, ça fait six ans qu'elle nous a plaqués. C'était une putain.

Il crispa les doigts sur le volant, exaspéré.

— Ne dites pas ça.

— Mon père le dit bien. Et il doit être mieux placé que vous pour le savoir, non? fit-elle insolemment.

Hugh exhala un soupir.

— Elle est à Phœnix, votre mère?

— On sait pas où elle est. C'est ma tante qui habite Phœnix.

— La sœur de votre père ou de votre mère?

— De ma mère.

— Et c'est chez elle que vous allez?

— Oui.

— Vous êtes venue jusqu'à Indio en auto-stop?

— J'ai pas eu besoin, c'est des copains qui m'ont amenée jusque-là.

Il essayait de démêler le vrai du faux.

— Ce sont vos copains qui vous ont plantée là en plein désert? Et ils ont fait demi-tour plus loin pour voir si quelqu'un vous avait prise? Cette voiture que nous avons croisée?...

— Vous vous croyez malin, hein?

— Non, pas du tout. J'essaie de comprendre. Ça s'est passé comme j'ai dit, n'est-ce pas?

Elle se renferma dans son mutisme et soudain déclara :

— C'est Guppy qui a eu l'idée. Une fois, il est allé à Phœnix en stop. Il prétend que les gens s'arrêtent plus facilement dans le désert qu'en ville. Ils ont pitié, quoi!

— Vous faisiez partie de la bande dans cette vieille bagnole du restauroute, n'est-ce pas?

Elle se déroba.

— Je ne vois pas ce que vous voulez dire.

— La même voiture nous a croisés alors qu'elle retournait vers Indio.

Il questionna brutalement :

— Vous avez repéré ma voiture dès le début? C'est moi que vous attendiez?

— Mais non, protesta-t-elle d'un air indigné. Ça ne s'est pas du tout passé comme ça. J'espérais qu'un couple me prendrait. En général, les femmes n'aiment pas laisser une jeune fille au bord de la route. (Elle s'interrompit et reprit :) En plus, ma tante m'attend. Je lui ai écrit que j'arrivais demain matin.

— Et elle croit que vous venez par le car?

— Bien sûr. Mais je ne lui ai pas dit lequel, parce que je ne savais pas à quelle heure j'arriverais.

Que fallait-il penser de ces explications? Étaient-elles vraies, fausses partiellement, en totalité? Mais après tout, quelle importance?

— Écoutez, dit-il, une fois à Blythe, je me renseignerai sur les cars et je vous prêterai l'argent du billet, Vous me rembourserez demain à Phœnix.

— Avec quoi? ricana-t-elle.

Il se maîtrisa.

— Je suis sûr que votre tante vous prêtera la somme nécessaire. Quelle est son adresse?

Elle détourna vivement la tête, et de nouveau Hugh eut la certitude que cette tante était purement mythique.

— Vous n'allez tout de même pas venir l'embêter, dit-elle. Donnez-moi votre adresse, vous. Je vous le rapporterai, votre argent!

— Inutile. Donnez-moi seulement le numéro de téléphone de votre tante, je l'appellerai avant de venir pour être sûr de ne pas la déranger.

Son ironie ne porta pas. Iris n'écoutait plus ce qu'il disait, trop occupée à se remettre du rouge à lèvres à la lumière du tableau de bord. Ils atteignaient les faubourgs de Blythe.

La gare routière se trouvait de l'autre côté de la route, à l'extrémité ouest de la ville. Hugh s'engagea dans une rue latérale et arrêta la voiture.

— Restez ici, recommanda-t-il. Je vais aller me renseigner.

Il attrapa sa veste sur la banquette arrière et l'endossa.

Puis il ôta la clef de contact.

— J'en ai pour une minute.

Il avait grande hâte d'être débarrassé d'elle, de se retrouver seul et en paix. Au guichet de vente des billets, se tenait une femme boulotte en robe de coton jaune.

— Y a-t-il encore des cars pour Phœnix ce soir? demanda Hugh.

— Il y en a toute la nuit.

Sans sourire, la caissière lui désigna un horaire affiché au mur.

— Un aller simple, c'est combien?

— Six dollars trente-huit.

Comme il retournait vers la voiture, il se demanda si Iris l'avait attendu. Puis il l'aperçut à sa place sur la banquette avant. Dès qu'il eut entrouvert la portière, elle l'accueillit par des récriminations :

— Vous m'avez rien apporté à manger?

Il s'installa au volant.

— Il y a un car pour Phœnix à dix heures vingt-cinq, dit-il. Voilà votre billet.

Elle prit le petit rectangle du bout des doigts et le glissa dans son sac.

— Et maintenant, vous comptez me laisser mourir de faim?

Il consulta sa montre.

— Il est neuf heures et demie, vous avez largement le temps de manger quelque chose.

— Et où je prendrai l'argent?

— Combien avez-vous?

Elle ouvrit son sac, en sortit un porte-monnaie de plastique rouge et le vida au creux de sa main.

— Dix-sept *cents*.

— C'est tout?

— C'est tout. Vous n'avez pas la prétention de me fouiller, des fois?

Sans répondre, il sortit de sa poche la monnaie du billet de dix dollars avec lequel il avait réglé le ticket de car.

— Tenez, voilà trois dollars soixante-deux *cents*, dit-il. Le billet coûte six dollars trente-huit. Comme ça, vous me devrez dix dollars.

La jeune fille prit l'argent et remercia Hugh d'un air maussade. Puis elle rassembla ses affaires et, sans mot dire, descendit de la voiture, tenant son sac à main et sa mallette serrés contre sa poitrine. Elle claqua la portière du bout du pied, regarda Hugh et répéta un « merci » qui semblait lui écorcher la bouche.

Il la suivit des yeux jusqu'à ce qu'elle eut traversé l'avenue et pris la direction d'un café dont on voyait les lumières à quelques maisons de la gare. Puis il démarra et constata qu'il n'avait obtenu ni l'adresse ni le numéro de téléphone de la fameuse tante. Il haussa les épaules. Autant dire tout de suite adieu à ses dix dollars.

Soulagé de se retrouver seul, il envisagea de pousser jusqu'à Phœnix. Mais en débouchant devant un grand motel à la sortie de la ville, il se ravisa. Il était déjà descendu dans cet établissement et la lampe allumée annonçait des places vacantes. Bien que son précédent séjour remontât presque à trois ans, il reconnut la jeune femme du bureau. Elle s'était montrée très aimable la dernière fois, pourquoi aurait-elle changé?

Elle n'avait pas changé et ne profita pas de la situation pour majorer le prix : cinq dollars. Quand il eut déposé son nécessaire de voyage dans la chambre, il était trop las pour remonter en voiture et retourner en ville essayer de trouver un endroit où manger. Peut-être aussi craignait-il de retomber encore une fois sur Iris.

A peine fut-il couché qu'il s'endormit. C'était là une faculté qu'il devait à son métier.

A huit heures du matin, après avoir refait le plein d'essence, il roulait déjà en pleine campagne et approchait du poste frontière de l'Arizona.

Deux ou trois voitures se trouvaient devant la sienne à l'ombre des grands auvents. Ce n'est qu'en s'arrêtant derrière elles qu'il aperçut Iris. Elle attendait, au bord de la route, juste après la guérite de garde, et paraissait encore plus minable que la veille au soir, pas lavée, les cheveux roulés sur des bigoudis sous son foulard, le blazer trop grand pendant sur ses épaules.

Bouffi de graisse, un policier hargneux posa les questions rituelles puis exigea qu'Hugh ouvre son coffre. A l'intérieur, tout était parfaitement rangé, sa grande valise, son nécessaire, sa trousse de médecin, les clubs de golf de son père, les outils à côté de la roue de secours.

— Qu'est-ce que c'est que ça? aboya le policier.

— Je suis médecin, c'est ma trousse. (Il la déboucla.)

— Des stupéfiants?

— Non, pas un gramme.

— Ouvrez les autres bagages.

Bouillonnant de colère, Hugh obéit. Si ce porc lui flanquait toutes ses affaires en l'air, Hugh était bien décidé à trouver un moyen de faire parvenir sa plainte jusqu'au bureau du Gouverneur.

Mais l'homme se contenta de renifler les valises soigneusement faites.

— O. K., dit-il.

Hugh referma le coffre. Il était sur le point de se rasseoir à son volant quand il entendit appeler son nom :

— Docteur Densmore!

Iris accourait vers la voiture.

— Docteur Densmore, criait-elle d'une voix aiguë, il me semblait bien vous avoir reconnu.

Elle affichait un sourire de petite fille modèle.

Le gros policier s'immobilisa et se retourna pour observer la scène.

— Oh, docteur Densmore, reprit-elle à voix haute, voudriez-vous m'emmener à Vickenberg, s'il vous plaît. J'ai raté le car, et si je ne suis pas là-bas ce matin, je perdrai ma place et qu'est-ce que dirait maman?

Les deux inspecteurs s'étaient immobilisés, attentifs, soupçonneux et n'en perdaient pas une miette. Hugh n'avait absolument aucun moyen d'échapper à Iris. Refuser de la prendre était pire qu'accepter.

17

— Mais certainement, Iris, montez donc, répondit-il d'un ton distant et poli tout à la fois.

Les yeux brillants de satisfaction, la jeune fille grimpa dans la voiture avec ses affaires et Hugh démarra.

— Pourquoi n'avez-vous pas pris le car? demanda-t-il au bout d'une minute.

— J'allais tout de même pas leur laisser tout ce fric, quand je pouvais faire du stop!

— Et le billet?

— Je me le suis fait rembourser. J'ai raconté à la bonne femme que j'avais changé d'avis.

— Qu'avez-vous fait de l'argent?

— Vous bilez pas. (Elle bâilla). Vous le récupérerez. Ma tante... vous vous souvenez?

— Oui... bien sûr. Où avez-vous dormi cette nuit? Elle gloussa.

— J'ai pas dormi. J'ai rencontré des gars qui connaissaient mes copains d'Indio. On a vadrouillé. (Elle ricana.) On a tout de suite repéré votre bagnole dans ce motel prétentiard où vous étiez descendu. Comme ça, j'ai vu que vous passiez vraiment la nuit à Blythe et que je pourrais aller jusqu'à Phœnix avec vous ce matin.

— Et si j'avais refusé?

— Vous pouviez pas. Je m'étais arrangée pour... Elle avait calculé son coup, la petite garce!

— Je savais pourquoi vous ne vouliez pas m'emmener jusqu'à Phœnix, hier soir, enchaîna-t-elle, l'air rusé. Vous aviez pas envie que je passe la frontière avec vous. Alors les copains m'y ont amenée ce matin et je l'ai traversée à pied. Vous n'avez pas à vous en faire.

— Et les agents du poste de contrôle, qu'est-ce que vous croyez qu'ils ont pensé?

— Ils ont cru que j'attendais des amis pour leur demander de m'emmener à mon travail. Et puis vous êtes arrivé. Vous connaissez la suite.

Il y eut un silence prolongé.

— J'ai soif, déclara soudain Iris. On pourrait peut-être s'arrêter à Vickenberg pour boire un coca.

— Sauf incident mécanique — touchons du bois — nous ne nous arrêterons pas avant Phœnix.

Iris se renfonça dans l'angle du siège, la mine renfrognée.

— J' peux mettre la radio?

— Si vous voulez.

Elle tripota le bouton jusqu'à ce qu'elle eut trouvé une station et, comme la veille, se mit à accompagner la musique à mi-voix. La circulation était presque inexistante et la route bonne. En moins d'une heure, ils arrivèrent en vue du motel neuf de Salome.

Iris se redressa vivement sur son siège.

— Ils ont sûrement du coca-cola ici.

— Vous en boirez un à Phœnix, répliqua Hugh d'un ton neutre.

Il respectait scrupuleusement la limitation de vitesse imposée pour la traversée de l'agglomération. Il ne tenait nullement à se faire remarquer par un policier ou un touriste curieux tant qu'Iris serait dans sa voiture.

— Mais on n'y sera pas avant une éternité! gémit-elle.

— Deux heures. Une heure jusqu'à Wickenberg. Une autre pour atteindre Phœnix.

— Vous êtes un sale type. (Elle bouda pendant deux ou trois kilomètres.) Vous avez encore du chewing-gum? demanda-t-elle enfin.

Il fouilla dans sa poche, trouva une tablette et la lui tendit.

Comme ils approchaient de Phœnix, Iris ôta ses bigoudis, sortit son peigne crasseux de son sac et le passa dans ses maigres boucles en se regardant dans le miroir.

— Je voudrais quand même pas arriver trop moche, remarqua-t-elle en renouant son foulard.

— Vous croyez que votre tante fera attention à ce genre de détails? dit-il.

Iris se rebiffa.

— Oui, figurez-vous, c'est une femme très élégante, ma tante. Elle est esthéticienne. Elle a son institut de beauté à elle.

— Au fond, vous ne m'avez toujours pas donné son adresse, souligna Hugh.

— J'ai pas d' crayon.

Il sortit un stylo à bille de la poche intérieure de sa veste.

— Tenez, voilà. (Il lui tendit également une vieille enveloppe décachetée qui traînait dans le coffre à gant.) Notez-la au dos.

Lentement, elle se mit à inscrire une adresse.

— Mettez son nom. Et son numéro de téléphone.

A contrecœur, elle écrivit un nom et lui rendit l'enveloppe. Il y jeta un coup d'œil. Mayble Carney. Elle n'avait pas pu inventer un nom pareil!

Les faubourgs de Phœnix apparurent. Hugh ralentit l'allure.

— Je vais vous conduire jusqu'à la gare des cars, dit-il.

Elle ne répondit pas, occupée à rassembler ses affaires. Il gagna le centre de l'agglomération, traversa l'avenue Van Buren et s'arrêta en double file.

A peine avait-il stoppé qu'Iris sautait déjà au bas de la voiture, sans lui dire au revoir ni merci. Il la regarda disparaître à l'intérieur du bâtiment et exhala un long soupir.

Cette fois, le cauchemar était fini.

CHAPITRE II

La maison des grands-parents de Hugh, dans Jefferson Street, était une vaste villa de bois que l'on repeignait en blanc chaque printemps. Des rosiers rouges grimpants s'entrelaçaient sur des treillis tout le long de la galerie. Les lauriers-roses mettaient des taches d'un blanc éclatant dans le vert sombre de la haie.

Hugh escalada le perron quatre à quatre, traversa la terrasse et poussa la porte de treillage.

— Il n'y a personne? lança-t-il.

Des exclamations fusèrent de la salle à manger, la voix aiguë de sa grand-mère dominant toutes les autres.

— C'est Hughie!

Ils étaient tous installés autour de la grande table. C'était un tableau que Hugh, si longtemps qu'il fût resté absent, retrouvait toujours semblable à lui-même. Sa grand-mère était plus menue et plus grise, mais son grand-père, malgré les années, n'avait pas perdu un pouce de sa haute taille. Sa mère était là. Toute la famille avait rallié Phœnix en avion au début de la semaine. Et, à sa grande joie, sa sœur Stacy et son mari Edward, médecin lui aussi, venaient d'arriver en voisins. Il semblait incroyable à la voir si juvénile, que

Stacy pût avoir une fille en âge de se marier. Et pourtant Clytie avait vingt ans.

— Où est la fiancée? demanda Hugh.

— Les filles ont un déjeuner à l'Université, répondit sa mère. Mais, dis-moi, Hugh, je croyais que tu devais arriver hier soir?

— J'ai passé la nuit à Blythe. J'étais parti tard. (Il ne leur raconterait pas l'histoire, à quoi bon les inquiéter?) Où est papa?

— Il joue au golf. Il voulait échapper un moment à nos bavardages sur les préparatifs de mariage.

— Avec quels clubs? J'ai les siens dans la voiture.

— Avec les miens, dit Edward. J'aurais bien voulu m'en servir moi-même, mais il faut que je retourne à mon cabinet... Un médecin n'a pas une minute à lui, n'est-ce pas, Hugh? ajouta-t-il sur un ton faussement solennel. Allons, à ce soir, au dîner.

Stacy accompagna son mari jusqu'à la porte. Lorsqu'elle revint, grand-mère avait entassé devant Hugh de quoi rassasier un ogre. Stacy s'assit près de lui.

— Nous ne sommes pas arrivés à loger tout le monde dans la maison, Hugh, dit-elle. J'espère que ça ne te fera rien si nous te mettons à l'hôtel des Palmiers. Tu y seras plus tranquille et tu dormiras mieux.

— Mettre Hugh dehors pour donner sa place à des étrangers! protesta la grand-mère. Vraiment, ça me dépasse...

— Mais ce ne sont pas des étrangers, Gram, objecta Stacy avec une patience un peu lasse. Le grand-père de John est pasteur, tout comme Gramps. Ils te plairont beaucoup, tu verras.

— Des New-Yorkais, faiseurs d'embarras, insista Gram, avec un reniflement de mépris.

— Ils seront les bienvenus, Stacy, intervint le grand-père. Ne fais pas attention à ce que dit bonne-maman.

Elle est simplement de mauvaise humeur aujourd'hui.

Grand-mère s'était levée de table et emportait des assiettes à la cuisine en marmonnant.

— J'ai bien envie de passer à l'hôtel pour déballer mes affaires, dit Hugh. Quel est le programme de la journée, Stacy?

— Edward t'a déjà retenu un pavillon, Hugh. (Elle ouvrit son sac.) Voilà la clef.

— Merci.

C'était bien d'Edward. Il pensait toujours à tout.

— Le programme? Ce soir, il y a un barbecue chez l'oncle Dan. Toute la tribu y sera, naturellement, et les invités du mariage. Tenue de week-end.

— Parfait, dit Hugh en se levant. Quand veux-tu récupérer ta voiture, maman?

— Tu en auras besoin si tu loges au motel. Stacy me servira de chauffeur. Mais tu pourrais conduire tes grands-parents chez Daniel ce soir. Disons vers six heures et demie?

— Avec plaisir.

Quelques minutes plus tard, il roulait le long de l'avenue Van Buren qu'il descendit vers l'est jusqu'au motel. Puis, sans s'arrêter au bureau de réception, il suivit l'allée intérieure jusqu'au 126. C'était le numéro gravé sur sa clef. Pour une fois, il ne regrettait pas d'être logé dans un pavillon du fond. Ainsi sa voiture ne serait pas visible de la rue, au cas où Iris trouverait encore des copains avec qui battre la ville à sa recherche. Mais pourquoi diable le rechercherait-elle? Cette gamine finissait par l'obséder. C'était absurde. Il n'y avait aucune raison pour qu'elle vienne le relancer.

« Les Palmiers » était l'un des motels chic des nouveaux quartiers de Phœnix, avec des pavillons luxueusement aménagés. Hugh déposa ses bagages dans une pièce au mobilier moderne de bois cérusé, équipée d'un climatiseur.

De grandes portes-fenêtres coulissantes ouvraient sur une vaste pelouse au-delà de laquelle s'étendait une piscine bleu turquoise ombragée par d'immenses palmiers.

La chambre, avec ses deux grands lits, était d'une propreté méticuleuse. Dans la salle de bains en céramique, les serviettes étaient moelleuses. Sur la table, à côté du papier et des enveloppes à en-tête de l'hôtel, étaient disposés les annuaires du téléphone. Le poste de télévision fonctionnait.

Hugh accrocha ses vêtements dans la penderie, rangea son linge dans les tiroirs de la commode, ouvrit son nécessaire de toilette sur la tablette de la salle de bains. Quant à sa trousse de médecin, il la relégua tout au fond de l'étagère. Il était deux heures. Il avait besoin de se détendre. Mais il avait tellement perdu l'habitude de se reposer ces jours derniers qu'il ne savait plus comment s'y prendre.

Par simple curiosité, il prit l'annuaire du téléphone sur la table et tourna les pages jusqu'à la lettre C. Aucune Mayble Carney n'y figurait. Il feuilleta les pages jaunes à la rubrique des instituts de beauté. Ils portaient des noms tous plus évocateurs les uns que les autres. Mais pas ceux de leurs propriétaires.

Il s'obstina à tenter de découvrir s'il existait une Mayble et demanda les renseignements au standard. Quand il les eut obtenus, il indiqua le nom et l'adresse inscrites par Iris. L'un et l'autre étaient inconnus.

Il repoussa le téléphone et se laissa tomber de tout son long sur un lit.

Bah! Mieux valait ne plus penser à cette fille et se reposer un peu avant qu'il ne fût l'heure de s'habiller pour la soirée.

Il rentra au motel à minuit passé. La réception avait été très réussie. Le lieutenant John Bent était presque digne de Clytie. Quant à Ellen Hamilton, l'ex-camarade de chambre de Clytie... Pourquoi ne l'avait-on pas prévenu? C'était la plus jolie fille qu'il eût jamais vue. Elle suivait des cours à l'université George Washington pour entrer dans les services diplomatiques à l'étranger, et c'était la fille du juge Hamilton, bien connu à Washington D. C.

Heureusement qu'il n'avait pas eu l'occasion de se trouver seul avec elle car, pour un peu, il serait tombé amoureux. Et dans sa situation, qu'aurait-il pu offrir à une Ellen Hamilton?

Hugh gara sa voiture au bout de l'allée centrale. Il y avait encore de la lumière à plusieurs fenêtres et l'écho des dernières émissions de la T. V. filtrait par les portes-fenêtres entrouvertes. Une fois dans son pavillon, il ôta sa veste, desserra sa cravate et s'étendit de tout son long sur un des lits.

Presque tout de suite, on frappa doucement. Il crut d'abord à une erreur : quelqu'un qui se trompait de pavillon. Puis, intrigué, il se dirigea sans hâte vers la porte et ouvrit. Ce ne fut que lorsqu'il la vit debout sur le seuil qu'il se l'avoua : depuis la première seconde, il avait craint que ce fût Iris. Elle portait toujours les mêmes vêtements douteux y compris le foulard qui enveloppait ses cheveux.

— Qu'est-ce que vous fichez ici? demanda-t-il d'un ton de fureur contenue.

Elle répondit dans un souffle :

— Faut que je vous parle.

— Pas question. (Il se planta dans l'encadrement de la porte pour lui barrer le chemin.) Je ne vois vraiment pas ce que vous pourriez avoir à me dire. Filez et ne remettez jamais les pieds ici.

— Je resterai qu'une minute, supplia-t-elle. Laissez-moi entrer, rien qu'une minute.

— Non, et non, dit-il, catégorique.

— Écoutez, je suis dans un sale pétrin.

Elle avait détourné la tête et parlait d'une voix presque imperceptible.

— Parce que vous n'avez pas de tante Mayble à Phœnix et que vous ne savez pas où aller, hein?

— J'ai une tante Mayble. A Denver. (Elle jeta un coup d'œil derrière lui, à l'intérieur de la chambre éclairée.) Je vous en prie, laissez-moi entrer.

— Impossible. Je vous ai dépannée sur la route, ça suffit.

— J' peux pas rentrer chez moi, dit-elle sourdement en levant les yeux sur lui. Je suis dans le pétrin, un sale pétrin, répéta-t-elle d'une voix basse mais pressante.

Si curieux que ce fût, cette idée ne lui avait pas effleuré l'esprit.

— Alors, c'est pour ça que vous êtes venue à Phœnix? dit-il ébranlé.

Elle inclina la tête, l'air piteux.

— Je croyais que mon ami m'épouserait. Mais il est déjà marié. Il me l'avait pas dit tant qu'on était ensemble. Il est marié et il a deux gosses.

Il y eut un silence.

— Allez donc à la police, conseilla-t-il, et racontez leur votre histoire. Ils s'occuperont de vous. Moi, je ne peux rien pour vous.

— Oh mais si, protesta-t-elle. (L'expression de ruse qu'il connaissait si bien avait reparu sur son visage.) Vous êtes médecin.

Il resta un moment sans pouvoir articuler une parole, étranglé de fureur. Quand il retrouva sa voix, il ne la reconnut pas lui-même.

— Je suis médecin, oui. Mais pas un médecin

marron. Fichez-moi le camp, ou j'appelle la police!

Il lui claqua la porte au nez avant qu'elle ait pu ajouter un mot. Il était hors de lui. Quel culot avait cette fille de venir lui demander des services pareils! Pardessus le marché, qui sait si l'un de ses amis, caché dans une de ces voitures, là ou dehors, n'avait pas assisté à toute la scène, en attendant de voir si elle parviendrait à ses fins? Il avait dû décider de l'amener en apprenant ce détail : l'homme qui l'avait prise dans sa voiture jusqu'à Phœnix était médecin.

S'ils revenaient l'un ou l'autre, il n'hésiterait pas à alerter la police, quitte à courir quelques risques.

Il se déshabilla, éteignit l'électricité et se mit au lit. Il fut longtemps sans pouvoir trouver le sommeil. Il savait combien le danger était proche.

Quand le téléphone sonna, il s'éveilla immédiatement comme il en avait acquis l'habitude, d'emblée calme et lucide, et constata qu'il faisait grand jour. Avec appréhension, il souleva le récepteur.

Quand il reconnut la voix de sa mère, il respira profondément.

— Je te réveille, Hugh?

— Ça ne fait rien. Quelle heure est-il?

Sa montre était sur la table.

— Dix heures. Je ne voulais pas te déranger, mais Stacy m'a donné une liste interminable de courses à faire. Elle et Edward m'ont déposée chez tes grands-parents en allant à l'aéroport. Peux-tu venir me prendre?

— Je suis là dans dix minutes.

Il parvint presque à tenir parole. Cinq minutes pour se doucher et se raser, cinq pour s'habiller : pantalon, chemise de sport, mocassins.

Un copieux petit déjeuner l'attendait. Il se gava

autant qu'il put pour ne pas décevoir Gram qui l'avait préparé et quitta avec sa mère la fraîcheur de la maison pour se retrouver dans l'étouffante chaleur de la rue.

— Alors, où va-t-on? demanda-t-il en s'installant au volant.

Machinalement, il avait jeté un coup d'œil autour de lui depuis le perron, mais n'avait aperçu personne dont la taille ou la silhouette rappelât Iris.

— Chez le fleuriste, commander les boutonnières pour ce soir. (Elle lui indiqua la route à suivre.) Comment trouves-tu Ellen? ajouta-t-elle ensuite d'un ton détaché.

— Pas mal.

— Hugh!

A son exclamation indignée, Hugh éclata de rire, son premier franc éclat de rire depuis l'après-midi de la veille.

— Tu ne sais pas jouer la comédie, maman. Elle est somptueuse, absolument splendide, et tu le sais très bien.

— Elle avait très envie de te connaître.

— Mais voyons, bien sûr. Seulement, maintenant elle a dû perdre toutes ses illusions.

— Pas du tout. Tu lui plais beaucoup.

— Tu penses!... Et les aviateurs aussi lui plaisent.

— En tout cas, je te préviens que ce soir pour le dîner, c'est toi qui dois aller la chercher.

Il n'eut pas le temps de répondre. Ils étaient arrivés devant la boutique. Hugh aida sa mère à descendre et redémarra pour aller se garer un peu plus loin. Tout en roulant, il examinait les devantures de part et d'autre de l'avenue dans l'espoir d'y repérer un marchand de journaux, mais aucun n'était en vue. Au bout de quelques minutes, sa mère le rejoignit et ils reprirent leurs courses. A chaque arrêt, Hugh cherchait un kiosque des yeux, mais toujours sans succès. Enfin, il se résigna. Il achèterait un journal en regagnant le motel.

A midi et demi, il déposa sa mère au restaurant où elle devait déjeuner avec les Hamilton et reprit la direction des Palmiers. Il venait de mettre la radio du tableau de bord quand il distingua quelques mots d'un bulletin d'informations : « ... jeune fille... ce matin... pas encore identifiée », puis le speaker entonna les louanges d'une marque de café.

Hugh passa sans s'arrêter devant le motel, remonta l'avenue Van Buren en essayant sans succès diverses stations émettrices. Enfin, dans la 36e Rue, il trouva un drugstore qui possédait un stand de journaux. Le gros titre le frappa comme un coup de poing. « Le cadavre d'une jeune fille repêché dans le canal. » Le premier choc surmonté, il acheta le journal, le glissa sous son bras, regagna la voiture et, de crainte d'être remarqué, roula jusqu'à une rue presque déserte bordée de pavillons séparés par des jardins. Puis il ramassa le journal sur le siège. Avant même d'avoir lu une seule ligne, il était sûr qu'il s'agissait d'Iris.

C'était bien elle. Même pantalon vert, même chemise sale, mêmes socquettes, mêmes chaussures de toile, même foulard criard sur la tête. L'article ne mentionnait ni le sac à main, ni la mallette, ni le blazer rayé. Le cadavre avait été découvert le matin même flottant entre deux eaux à Scottsdale. On estimait l'âge de la jeune fille à quinze ans. On procéderait à une autopsie pour déterminer les causes de sa mort. Toute personne connaissant son identité était invitée à se faire connaître. C'était tout.

Il ne pouvait s'agir d'un suicide. Iris avait trop de ressort pour se suicider. La cause de sa mort, Hugh la connaissait. Ce serait le sujet du prochain article. Une opération clandestine. Une sale opération bâclée. Un assassinat. Un meurtre commis par deux inconnus : l'homme qui l'avait d'abord trahie puis menée à l'abattoir, et celui ou celle qui les avait tués, elle et son enfant à naître.

Hugh aurait pu aller se présenter à la police. Mais il n'osait pas. Parce qu'il était médecin, parce qu'il l'avait amenée à Phœnix et parce qu'il était absolument sûr que sa mort était la conséquence d'un avortement, il ne pouvait pas courir le risque de déclarer aux policiers qu'il la connaissait. A eux de se débrouiller autrement pour l'identifier, après tout.

Un long moment, il demeura immobile, assis à son volant, s'efforçant de mettre de l'ordre dans ses pensées, en dépit de l'anxiété qu'il sentait monter en lui. Que fallait-il faire ? Quelqu'un avait-il vu Iris devant chez lui la veille au soir ? La police de Blythe signalerait-elle son passage alors qu'il était accompagné de la jeune fille ? Une cadillac blanche se remarquait aisément. Il ne pouvait confier ses problèmes à personne, du moins à Phœnix. Il fallait par-dessus tout qu'aucun incident ne se produisît avant la cérémonie du mariage.

Pensif, il remit le moteur en marche et redémarra. Vaguement, il songea qu'il aurait dû déjeuner, mais l'inquiétude qui le tenaillait sourdement lui avait coupé l'appétit. En dépit de l'appréhension que lui inspirait maintenant l'idée de se retrouver dans sa chambre, il reprit la direction du motel. Au moins s'y retrouverait-il seul pour réfléchir dans un calme relatif avant d'aller rechercher sa mère au restaurant, puisqu'il s'était engagé à lui servir à nouveau de chauffeur durant l'après-midi.

A sept heures et demie du soir, douché, rasé de frais pour la deuxième fois de la journée, il s'inspecta avec soin dans la glace. Son smoking blanc était impeccable. Rien ne semblait clocher.

A l'après-midi torride avait succédé une soirée d'une

douceur délicieuse. La maison de sa sœur était pleine de lumières et de rires juvéniles. Il monta le perron quatre à quatre.

A l'apparition d'Ellen qu'accompagnait Clytie, Hugh eut le souffle coupé. Avec son fourreau scintillant couleur de miel et sa longue étole de lynx, elle avait l'air d'un mannequin de grande maison de couture. Il lui murmura un compliment embarrassé auquel elle répondit par un sourire. Puis, dans le brouhaha des préparatifs, ils gagnèrent le perron.

Hugh lui ouvrit la portière et s'installa au volant. Mais, pendant le trajet, il chercha en vain un sujet de conversation distrayant. Quand ils atteignirent les Palmiers et s'engagèrent dans l'allée, à nouveau l'inquiétude l'étreignait. Combien de temps faudrait-il aux policiers pour retrouver sa trace... Surtout avec la Cadillac arrêtée devant la porte...

— Vous n'êtes guère bavard, ce soir, remarqua Ellen en descendant de voiture.

— Problè es. Éternels problèmes, fit-il d'un ton faussement détaché.

— J'espère que je n'y suis pour rien?

— Mais non, voyons! bien sûr, protesta-t-il en lui touchant le bras.

Ils entrèrent dans la salle de banquet où les invités se pressaient dans un brouhaha de musique, de conversations, d'exclamations joyeuses. La longue table ornée de bougies torsadées était festonnée de fleurs blanches. Tout cela pour Clytie, l'heureuse Clytie, Clytie que rien ne menaçait. Cependant que, dans un lieu glacial et sinistre, une pauvre fille à qui la vie n'avait jamais rien accordé gisait morte, sans personne qui la regrettât ou même sût son nom.

Plus tard, Hugh s'étonna d'avoir pu tenir jusqu'au bout de cet interminable dîner. Il était là, riant, écoutant, bavardant, mangeant sans trouver de goût à rien, buvant trop de champagne et de plus en plus séduit par sa voisine. Mais en même temps, il était ailleurs, bien loin. Dans une caverne mystérieuse et redoutable où il guettait un bruit de pas, la menace d'une voix qui soudain l'interpellerait.

C'était Ellen qui venait de parler. Encore une fois, il dut lui demander :

— Pardon. Vous disiez?

— Je ne sais même plus. (Elle rit.) Rien d'important.

Mais il lut la surprise dans ses yeux et il se rendit compte qu'il s'était montré par trop distrait.

— Je suis désolé, dit-il doucement. Sincèrement désolé.

Il hésita, mais il avait besoin de lui dire, de lui expliquer.

— J'ai vraiment des ennuis. Des ennuis sérieux.

— Ça vous soulagerait d'en parler?

— Oui, mais pas ce soir. Pas à un dîner de mariage. (Il lui effleura la main.) Je ne serai plus distrait.

Les doigts d'Ellen serrèrent les siens, vigoureux, rassurants.

— Tenez bon, dit-elle.

Après le dîner, ils dansèrent, et cela facilita les choses. Tenir Ellen dans ses bras le dispensait de parler. Quand les aviateurs la lui enlevèrent, il dansa avec Gram puis s'assit à côté d'elle sans avoir besoin de répondre à ses commentaires intarissables.

A minuit, la soirée prit fin. Chacun s'en alla. Hugh rejoignit Ellen, qui lui demanda en souriant :

— Et les soucis? Envolés?

— Pour ce soir, en tout cas. Si nous allions attendre dehors?

— Pourquoi pas?

Ils évitèrent les groupes qui échangeaient des adieux

et s'éclipsèrent. Dehors, dans la nuit, le froid du désert les saisit. A pas rapides, ils gagnèrent le parc de stationnement.

Ils allaient atteindre la voiture quand Hugh distingua deux hommes qui se détachaient de l'ombre du mur. Bien qu'ils ne fussent pas en uniforme, il vit tout de suite à qui il avait affaire. Il s'arrêta net, paralysé de crainte. Ellen lui lança un coup d'œil interrogateur. Il n'avait pas le temps de lui expliquer. Les deux inspecteurs l'avaient déjà encadré. Le plus grand demanda :

— Hugh Densmore?

— C'est moi, oui.

— On a deux ou trois questions à vous poser.

— Ça ne peut pas attendre que j'aie reconduit mes amis chez eux? dit Hugh en s'efforçant de garder son calme.

Les invités sortaient en foule sans s'apercevoir de rien. Le plus grand des deux policiers coupa brutalement :

— On a assez attendu comme ça.

Hugh ne pouvait supporter l'idée qu'Ellen allait assister à un interrogatoire, surtout quand elle n'était pas au courant de son histoire. Il se tourna vers elle et lui tendit les clefs de la voiture.

— Pas un mot à ma famille, murmura-t-il. Je ne sais pas de quoi il s'agit, mais c'est certainement une erreur.

Elle ne répondit rien, les yeux écarquillés, non de peur mais d'étonnement.

— Allez, en route! grogna le plus grand des deux hommes.

Hugh poursuivit rapidement, s'adressant toujours à Ellen :

— Racontez leur n'importe quoi, je vous en prie. Je ne veux pas qu'ils se fassent de mauvais sang.

A jeter aux chiens.

— Faites-moi confiance, répondit-elle, très sûre d'elle. Rappelez-moi.

Le second inspecteur s'impatientait :

— Alors, vous venez?

Comme ils se dirigeaient vers l'autre côté du bâtiment, Hugh demanda :

— Vous m'arrêtez ou quoi?

— Pourquoi? Vous avez fait quelque chose?

— Non. Je ne comprends rien.

— On voudrait seulement que vous répondiez à quelques questions.

— J'ai une chambre ici, suggéra-t-il.

— Le 126, oui, dit le plus petit.

Hugh se demanda un instant s'ils avaient fouillé sa chambre sans mandat de perquisition.

— Eh bien, puisque vous êtes au courant, dit-il, nous pourrions peut-être y aller pour discuter. C'est par là.

Le plus grand lui lança un coup d'œil mauvais, mais l'autre déclara vivement :

— Allons-y, Ringle. Autant se mettre à l'abri. Ça pince ici.

Hugh n'eut pas à indiquer le chemin à ses deux gardes du corps. Ils le connaissaient. Du moins, s'ils avaient déjà pénétré dans sa chambre, ils n'avaient laissé aucune trace de leur passage. Rien, semblait-il, n'avait été touché. Hugh alluma la lampe du bureau et poussa la manette du climatiseur.

— Maintenant, pouvez-vous m'expliquer de quoi il s'agit? dit-il poliment. Vous êtes de la police, j'imagine.

Ringle tira un porte-cartes de sa poche et le présenta à Hugh.

— Inspecteur Ringle, dit-il. Et voici l'inspecteur Venner.

— Et vous avez des questions à me poser? demanda Hugh d'un ton calme.

— Exact. Vous connaissez une jeune fille du nom de Bonnie Lee Crumb?

Lentement, Hugh fit un signe de dénégation.

— Vous en êtes sûr?

— C'est la première fois de ma vie que j'entends ce nom, répondit-il en toute sincérité. (Avait-elle transformé Crumb en Croom? Et pourquoi Iris? Pour avoir porté, une fois dans sa triste vie, le nom d'une fleur?)

— Qu'est-ce que vous êtes venu faire à Phœnix?

— Ma nièce se marie demain. La fille du Dr Edward Willis.

Ils connaissaient sûrement Edward, car la police de Phœnix avait souvent recours à lui.

— Alors, fit Ringle sceptique, le Dr Edward Willis est...

— Mon beau-frère. Le mari de ma sœur aînée.

— Quand êtes-vous arrivé ici?

— Hier matin, vers onze heures.

Ringle attaqua :

— Seul?

— Oui.

Hugh nota une lueur satisfaite dans le regard des deux hommes et poursuivit :

— J'ai pris une jeune fille dans ma voiture à la sortie de Blythe. Elle faisait du stop. Elle venait à Phœnix pour voir sa tante.

— Elle ne s'appelait pas Bonnie Lee Crumb, par hasard?

— Elle s'appelait Iris Croom. Et elle m'a donné le nom d'une tante à elle... (il feignit de chercher dans sa mémoire) voyons... Carney. Mayble Carney. Elle possède un institut de beauté à Phœnix, du moins d'après la jeune fille.

— Vous l'avez conduite chez sa tante?

— Non. Je l'ai laissée à la gare routière. Elle m'avait demandé de l'y déposer.

Ringle fit la moue.

— Cette Iris Croom, c'était une Blanche?

— Oui.

— Et elle a accepté de monter dans votre voiture?

Hugh se contint de justesse pour ne pas exploser.

— Elle a regardé la Cadillac blanche, siffla Venner, pas le chauffeur.

— Vous avez lu les journaux aujourd'hui? questionna Ringle.

— Je les ai parcourus.

— Vous avez vu qu'on a repêché une jeune fille dans le canal?

Il ne pouvait le nier. Une manchette ne passe pas inaperçue.

— J'ai vu ça.

— Vous avez vu aussi qu'on demandait aux gens de venir l'identifier?

Hugh hocha la tête.

— Oui. L'a-t-on identifiée?

Ringle prit un air franchement menaçant.

— Des gosses ont trouvé son sac, ce soir. Dans un fossé, à environ un demi-mille de l'endroit où on l'a repêchée. Dans son portefeuille, il y avait une carte d'identité scolaire avec son nom : Bonnie Lee Crumb. On a fait passer un communiqué à la radio, au bulletin de dix heures.

— Je suppose que vous ne l'avez pas entendu, insinua Venner.

— Non. J'assistais à un dîner de famille.

— Et d'où était-elle, cette... euh... Iris Croom? demanda Ringle.

— Elle m'a dit qu'elle habitait Banning.

— Voudriez pas venir jeter un coup d'œil sur la fille du canal? dit Venner d'un ton insinuant. Des fois que vous la reconnaîtriez.

Hugh feignit la surprise.

— Vous ne croyez pas que c'est la même?

— Figurez-vous qu'on nous a refilé un tuyau, intervint Ringle. Tout de suite après le communiqué de la radio, un gars nous a raconté qu'un médecin nègre, dans une grosse Cadillac blanche, avait amené Bonnie Lee à Phœnix.

Hugh prit une longue inspiration.

— Qui vous a donné ce renseignement?

— L'agent de service qui a reçu le coup de téléphone n'a pas compris son nom, répondit Ringle avec un peu d'embarras.

Et Venner continua :

— Le type a dit qu'on trouverait le toubib en question aux Palmiers.

— Il vous a donné mon nom?

— Non, mais on n'a pas eu de mal à le trouver au bureau de l'hôtel.

— A mon avis, répliqua Hugh sans se laisser démonter, c'est cet informateur que vous devriez rechercher. Il connaissait le nom de Bonnie Lee Crumb. Moi, je ne l'avais jamais entendu jusqu'à ce que vous le prononciez ce soir. La fille que j'ai transportée dans ma voiture s'appelait Iris Croom.

— Quel âge avait-elle? coupa Ringle.

— Je ne sais pas au juste. Je dirais entre 14 et 17 ans.

— Vaudrait mieux que vous veniez jeter un coup d'œil à celle qu'on a repêchée.

Il se leva lourdement. Hugh ne bougea pas.

— Pourquoi? demanda-t-il.

Venner s'avança d'un pas.

— Vous refusez?

— Si c'est Bonnie Lee Crumb, je ne pourrai pas l'identifier. Je n'ai jamais connu personne de ce nom.

— Peut-être que c'est pas Bonnie Lee Crumb. Peut-être que c'est Iris Croom. Vous venez, oui ou non?

Ringle arrêta d'un geste son collègue.

— Vous n'êtes pas forcé de venir, dit-il à Hugh en le regardant entre ses paupières mi-closes. On vous oblige pas. On respecte les formes, vous voyez.

Il se tourna vers Venner :

— Oublie pas, hein : le marshal veut que tout se passe régulièrement.

— J'oublie pas. Pas encore, ricana Venner.

Non, il n'avait pas oublié parce qu'il avait devant lui Hugh Densmore et pas un pauvre type miteux qu'ils auraient ramassé dans la rue ou tiré de sa cabane.

— Je viendrai avec vous, décida Hugh, si vous pensez que je puis vous être de quelque utilité. Voulez-vous me laisser le temps de prendre une veste plus chaude?

Sans attendre la réponse, il passa dans le cabinet de toilette, en allumant la lumière au passage. Ringle vint, comme par hasard, se placer dans l'encadrement de la porte, d'où il pouvait le surveiller pendant qu'il se changeait.

Hugh ôta sa veste de smoking, la suspendit dans la penderie et passa une gabardine. Il avait l'air d'un musicien après une soirée, avec sa chemise de soie blanche et son nœud papillon.

Il était plus d'une heure du matin. Hugh était fatigué, et il aurait donné cher pour pouvoir se mettre au lit. Il se demandait dans combien de temps on le laisserait rentrer. Si on le laissait rentrer.

Il éteignit la lumière et revint dans la grande pièce. Ringle s'effaça pour lui laisser le passage.

Tout à coup, il se souvint qu'il n'avait pas de voiture.

— Vous pouvez venir dans la nôtre, dit Venner.

Malgré lui, il demanda :

— Vous me ramènerez ici?

— Bien sûr qu'on vous ramènera. (Sa bouche avait un pli sarcastique.) Tout se passera dans les formes, on vous répète.

CHAPITRE III

Dans la nuit glaciale, ils se dirigèrent vers la voiture, une banale conduite intérieure noire sans aucune marque apparente. Ils installèrent Hugh sur la banquette arrière. Devant le Palais de Justice, ils passèrent sans ralentir.

— Où allons-nous? s'enquit Hugh avec une pointe d'anxiété.

Venner ricana par-dessus son épaule :

— On va voir votre petite amie. Vous vous imaginez pas qu'on garde les macchabées au bureau, des fois, non?

Après un long trajet dans un quartier misérable, Venner vira brusquement à gauche et s'enfonça à l'intérieur d'un groupe de bâtiments sans étage. Une petite plaque portait : *Hôpital du Comté.*

La voiture roula lentement jusqu'au bout de l'allée intérieure et s'arrêta devant une petite bâtisse nue dont une veilleuse éclairait le nom : *Institut médico-légal du Comté.* Hugh, qui luttait contre une peur croissante, respira enfin plus librement.

L'employé de service était un vieil homme à l'air épuisé.

— Encore vous! se lamenta-t-il. (Il se souleva de sa chaise en s'aidant des avant-bras, comme un arthritique.) Voulez-vous encore voir la même fille? dit-il d'une voix éraillée.

— Ouais, fit Ringle.

Le vieux, traînant les pieds, les conduisit à la chambre froide, s'approcha sans hésiter du compartiment où avait été déposé le cadavre de la jeune fille, l'ouvrit en le faisant glisser sur ses roulements et rabattit la couverture.

Au premier coup d'œil, Hugh reconnut Iris... ou Bonnie Lee. Il n'avait d'ailleurs jamais douté que ce serait elle. Ringle, Venner et le gardien le surveillaient comme s'ils avaient cru aux histoires de bonne femme qu'on racontait autrefois sur les nègres et les cimetières.

— Oui, dit-il en levant les yeux vers Ringle. C'est bien la jeune fille qui m'a dit s'appeler Iris Croom.

Le gardien recouvrit le cadavre comme s'il eût bordé un enfant endormi. Venner se hâta de quitter la pièce. Hugh le suivit, avec Ringle sur ses talons. Dans le bureau, il alluma une cigarette.

— De quoi est-elle morte exactement? demanda-t-il.

Au fond du couloir, la porte métallique résonna; puis on entendit se rapprocher les pas traînants du gardien.

— On ne le saura qu'après l'autopsie, répondit Ringle.

— Le médecin légiste est absent. Il fait une conférence à l'Université de Chicago. Il rentre lundi.

Lundi... Jusque-là, ils ne sauraient rien sur la cause du décès; accident, crime ou suicide. Lundi, donc, après le mariage de Clytie.

— Ça ne vous ferait rien de me ramener aux Palmiers? Je suis assez fatigué.

Il avait parlé comme si la chose allait de soi. Ringle le dévisagea.

— Acceptez-vous de signer un procès-verbal d'identification?

Hugh pesa le pour et le contre et estima que cela ne le compromettrait pas davantage.

— Je veux bien, à condition qu'elle soit identifiée comme Iris Croom. Je ne l'ai connue que sous ce nom.

Venner bâilla ostensiblement.

— Peut-être qu'elle se baladait avec la carte d'identité d'une copine.

Ringle rédigeait son rapport, penché sur le bureau du vieux gardien.

— Si c'est Bonnie Lee Crumb, reprit Hugh, c'est l'homme qui vous a téléphoné qui pourrait l'identifier.

— On vous a déjà dit qu'on sait pas qui c'est, répliqua Ringle. Il a raccroché sans donner son nom.

Il poussa une feuille de papier vers Hugh.

— Signez ça.

Avant d'obéir, Hugh lut avec soin le procès-verbal. Le nom de Bonnie Lee n'y figurait pas. Ringle avait laissé un espace blanc où il inscrivit en majuscules « Iris Croom. » Il signa à l'endroit indiqué et rendit le papier. Puis, sans hâte, il se dirigea vers la porte, l'air aussi dégagé que possible. Venner lui emboîta le pas.

— Amène-toi, Ringle.

Ringle achevait de lire la déclaration de Hugh.

— Merci, grand-père, lança-t-il au vieux gardien. Tu peux te rendormir, on reviendra plus t'embêter cette nuit.

Comme à l'aller, ils installèrent Hugh à l'arrière de la voiture.

— Vous n'avez pas l'intention de quitter la ville? questionna Ringle tandis qu'ils viraient dans l'avenue Van Buren.

— Pas avant lundi. Je dois être à l'hôpital mardi.

— A l'hôpital?

— Je suis interne au Centre hospitalier de l'université de Californie.

— Ne comptez pas trop repartir si vite, l'avertit Ringle.

— Et pourquoi?

— Il se pourrait qu'on ait encore besoin de vous. Après l'autopsie.

— Je viendrai vous voir avant mon départ, assura Hugh.

Ils le déposèrent devant chez lui et Venner descendit pour lui ouvrir la portière.

Hugh dit « merci » et « bonne nuit ». Venner ne prit pas la peine de répondre.

Ils étaient déjà loin quand Hugh inséra la clef dans la serrure. Il entra, accrocha la pancarte « ne pas déranger, S. V. P. » à la poignée extérieure, ferma à clef et poussa le verrou.

Il était beaucoup trop tard pour appeler Ellen. A trois heures et demie du matin, il ne pouvait pas risquer de réveiller toute la maison par un coup de fil en pleine nuit. Et puis, ne serait-il pas imprudent de parler au téléphone? La police le soupçonnait. De quoi au juste et jusqu'à quel point, il n'en savait rien, mais peut-être assez pour surveiller ses communications.

Hugh se déshabilla et se coucha. Le lendemain, peut-être trouverait-il la solution des problèmes qui le hantaient. Longtemps, il s'agita dans son lit sans trouver le sommeil et quand il s'éveilla, le soleil était déjà haut dans le ciel et la chaleur étouffante.

En quittant son pavillon dans la fournaise de midi, il se souvint qu'il était sans voiture et devrait aller à pied. Bah! il marcherait volontiers. Ça lui remettrait les idées en place, beaucoup plus que de conduire.

Il retrouva avec soulagement la fraîcheur du salon chez ses grands-parents. Le bruit des voix le conduisit dans la salle à manger. Son père et sa mère étaient installés devant un tardif petit déjeuner. Aussitôt, Gram, malgré ses protestations, tint à lui servir une tasse de café.

— Où sont les filles? s'enquit-il en s'attablant.

— Elles sont allées se baigner, répondit sa mère. D'ailleurs, je croyais que tu devais les accompagner.

— Je me suis réveillé trop tard.

— Tu n'avais pas besoin de nous renvoyer l'auto hier soir, reprit-elle. Il y a assez de voitures chez Stacy pour suffire à nos besoins.

C'était donc ça l'explication qu'avait imaginée Ellen.

— Peut-être valait-il mieux que tu ne conduises pas après le dîner, insinua son père.

— Peut-être. (Il esquissa un sourire.) On avait bu pas mal de champagne.

D'une oreille distraite, il écouta les autres reprendre la discussion qu'il avait interrompue au sujet du dîner et de la réception de l'après-midi. Puis son père se tourna vers lui :

— Quand tu voudras, tu pourras me conduire chez Stacy et ramener les filles ici.

Hugh vida sa tasse et se leva. Puis ce furent les embrassades et les recommandations de Gram et de sa mère.

Quand il s'installa au volant, il sentit renaître son anxiété. Ce n'était plus seulement la Cadillac blanche de sa mère, mais une sorte de pièce à conviction, la voiture dont il était question dans plusieurs rapports de police sans doute. Combien de regards la guetteraient quand elle circulerait dans les rues de Phœnix?

Ils roulaient depuis un moment quand vint l'inévitable question que redoutait Hugh :

— Tu dois être de retour à l'hôpital à quelle date?

— Oh, je peux prendre quelques jours.

Il serait bien obligé de prolonger son séjour, qu'il le voulût ou non.

— Si tu pouvais rester jusqu'à la fin de la semaine, reprit son père, tu reconduirais ta mère à la maison. Elle va rester ici pour que Stacy puisse se reposer. Les filles et moi nous prenons l'avion ce soir.

— J'aimerais pouvoir rester, dit Hugh après un silence.

Quand ils arrivèrent chez Stacy, elle était en train de refaire l'ourlet de sa robe, assise sur le lit, au milieu des clameurs et de l'agitation de toutes les autres filles de la famille.

A l'idée de se retrouver en face d'Ellen, Hugh ne tenait pas en place. Nerveusement, il écrasa sa cigarette dans un cendrier et en alluma une autre.

Dès qu'Ellen apparut, sortant du couloir de la chambre, il tenta de s'approcher d'elle aussi discrètement que possible, mais le chemin lui fut barré par la cohue des sœurs, des cousines, des cousins, des neveux et des nièces. Il renonça et cria :

— Allons, en route pour Phœnix! Qui vient?

Ce fut une ruée générale. Quand Hugh atteignit la voiture, toute la bande avait réussi à se caser à l'intérieur. Ellen était à côté de la place du chauffeur. Il l'entendit qui lui glissait dans un souffle :

— Rien qui vous concerne ni dans les journaux de ce matin ni à la radio. Tout va bien?

— Oui, oui, répondit-il à voix basse, mais il était trop tard pour vous appeler hier soir, vous comprenez. Je vous raconterai tout dès que possible, ajouta-t-il.

— Je compte sur vous, murmura-t-elle.

Chez ses grands-parents, le travail manuel l'absorba. Avec ses neveux, il dressa l'arc fleuri, tandis que les filles décoraient de ruban de satin blanc les barreaux et la rampe de l'escalier. Il était près de trois heures quand tout fut terminé. Hugh devait encore retourner au motel pour s'habiller.

Il prit Ellen à part, sans se soucier des regards entendus qui les suivirent.

— Ça vous ennuierait de ramener toute la bande chez Stacy? Moi je file.

— Je vous conduis.

— Non, coupa-t-il, trop vite, trop brusquement.

Sans doute savait-elle que tout n'allait pas tellement bien, car elle se contenta de répondre :

— Comme vous voudrez. Mais n'oubliez pas ce que vous m'avez promis.

— Soyez tranquille.

Parvenu sur le seuil de la porte de son pavillon, Hugh hésita un instant. De nouveau, ses craintes ressurgissaient. Mais non, aucun message, personne ne l'attendait. Ne disposant pas de radio, il alluma le poste de télévision, à tout hasard. Il n'y avait pas d'informations. Tout en s'habillant pour la cérémonie, il essaya systématiquement les diverses chaînes, mais sans succès.

Quand il ressortit, la chaleur commençait à diminuer dans l'après-midi finissant. Avec sa veste blanche, il se sentait terriblement facile à repérer. Pourtant, il fit encore une fois le trajet à pied sans qu'aucun incident se produisît, sans qu'il remarquât le moindre détail suspect.

Le mariage se déroula dans une atmosphère de bonheur paisible. Il y eut de belles paroles prononcées par le grand-père, les inévitables minutes d'émotion, puis l'allégresse générale. Hugh s'efforça d'y participer,

46

mais si, par instants, il échappait à son anxiété, c'était pour contempler Ellen parmi les demoiselles d'honneur, vêtues de tulle feuille morte. Enfin, l'on découpa le chef-d'œuvre de grand-mère, une énorme pièce montée blanche, et on porta les toasts traditionnels. Hugh se limita à une coupe de champagne. Il n'allait pas s'exposer à avoir la tête lourde ce soir.

A six heures, Clytie jeta son bouquet de mariée du haut de l'escalier fleuri. John avait dû combiner soigneusement leur départ, qui passa inaperçu. Les invités commençaient à s'en aller quand Hugh réussit à rejoindre Ellen dans un coin du salon.

— Quand vous voudrez, lui murmura-t-il.

C'étaient les premiers mots qu'il lui adressait depuis le début de la cérémonie.

— Je suis à vous.

— Filons en douce. Nous reverrons la famille à l'aéroport. Je dois les y conduire.

Ellen alla chercher un petit sac brodé et ils s'éclipsèrent discrètement au milieu d'un groupe d'invités.

— Nous pourrions aller dans ma chambre aux Palmiers, dit Hugh dans la voiture, mais j'aimerais mieux pas.

Elle comprit à demi-mot.

— Comme vous voudrez.

Hugh démarra, en surveillant le rétroviseur pour s'assurer qu'il n'était pas suivi. Une fois sorti des faubourgs de la ville, il gagna la campagne de Scottsdale puis, obliquant vers le nord, rejoignit une petite route qui longeait le canal. Il se rangea le long de la berge et coupa le contact. Il n'y avait pas une maison en vue, ni le moindre nuage de poussière annonçant l'approche d'une voiture.

Il offrit une cigarette à Ellen, en prit une lui-même et les alluma.

— Il s'agit de cette jeune fille, n'est-ce pas? dit Ellen après un long silence.

Il se tourna vers elle et la regarda bien en face.

— Je me doutais que vous aviez deviné.

— Autrement, pourquoi les policiers seraient-ils venus vous chercher hier soir? C'était la seule explication.

Il acquiesça avec lenteur.

— Qu'est-ce qui s'est passé au juste? Dites-moi.

Il avait eu l'intention de ne lui raconter qu'une partie de l'histoire. Mais il s'aperçut, tout étonné lui-même, qu'il venait de commencer son récit au moment où le tacot lui avait coupé la route sous le nez, à Indio. Elle écouta sans l'interrompre. La nuit tombait déjà quand Hugh se tut.

— Et vous pensez qu'elle est morte des suites d'un avortement, dit Ellen.

— Oui, admit-il avec répugnance.

— Et en raison de l'enchaînement des circonstances, vous voilà transformé en bouc émissaire.

Il se contenta d'incliner la tête.

— Hugh, reprit-elle d'un ton pressant, je crois que de sérieux ennuis vous attendent. Il vous faut un avocat.

— Non, répliqua Hugh durement. (Sa cigarette tremblait entre ses doigts.) Cela me donnerait l'air coupable. Or, je ne le suis pas.

Ellen hocha la tête. Elle n'était pas d'accord, mais évita d'insister.

— Ne les laissez pas tout découvrir... d'une autre façon.

— Il ne se passera rien avant l'autopsie, assura-t-il. Si le médecin légiste doit conclure à un suicide, pourquoi infliger ce supplice à ma famille, lui faire redouter le pire?

— Vous savez très bien qu'elle ne s'est pas suicidée. Vous l'avez dit vous-même.

— Sans doute, mais seule l'autopsie peut le prouver. A ce moment-là, ils auront peut-être trouvé le vrai coupable...

Ellen haussa les épaules avec un soupir de découragement.

Brusquement, Hugh s'inquiéta de l'heure. Il alluma le tableau de bord et consulta sa montre.

— Sept heures passées! Il faut que nous partions si je veux pouvoir conduire papa et les filles à l'aéroport à temps pour le vol 305.

Elle comprit qu'il ne suivrait pas son conseil. Sans insister davantage, elle ajouta simplement :

— Si je peux vous aider, Hugh, dites-le-moi.

— Vous avez déjà fait beaucoup pour moi.

Dans un geste presque enfantin, il lui toucha la main en signe de gratitude. Elle lui rendit son sourire, mais son regard restait grave.

Hugh fit demi-tour et traversa Scottsdale en se dirigeant vers le sud, vers la maison de sa sœur. Ils ne parlèrent pas durant le trajet. Ils étaient presque arrivés quand Hugh fut saisi d'une crainte subite.

— Quand partez-vous? demanda-t-il.

— Je ne sais pas, répondit Ellen. J'ai envie de rester encore un peu ici pour me reposer.

Hugh lui jeta un bref coup d'œil.

— Je suis content de vous savoir ici pour quelques jours, dit-il d'un ton dégagé. Pour aussi longtemps que moi.

— Naturellement, je ne resterai pas chez votre sœur. Votre motel, les Palmiers, est agréable, non?

— Oui. Mais Stacy ne vous laissera pas partir.

Ellen sourit.

— J'ai la tête dure, quand je veux. Et votre sœur

49

a certainement grand besoin de se retrouver un peu seule.

— Mon pavillon va être libre. Je m'installe chez ma grand-mère demain. Elle aussi a la tête dure...

Ce ne fut qu'après avoir vu l'avion disparaître dans le ciel nocturne que la mère de Hugh consentit à regagner la voiture, accompagnée par Ellen.

En arrivant chez Stacy, Hugh fut saisi de panique à l'idée de rentrer seul au motel et de passer toute la soirée en tête-à-tête avec lui-même.

— Nous te laissons rentrer, dit-il à sa mère. Ellen et moi allons dîner quelque part en ville.

Sa mère parut ravie de le voir s'intéresser à la jeune fille.

— Prenez donc ma clef, Ellen, dit-elle avec empressement en ouvrant son sac. Tout le monde sera certainement couché quand vous rentrerez.

Hugh avait engagé la voiture dans l'avenue Van Buren, vers l'est.

— Sincèrement, je n'ai pas très faim, déclara Ellen.

— Moi non plus, répondit-il, mais ça ne vous fera pas de mal d'avaler quelque chose. Et... entre nous, je n'avais pas le courage de passer toute une soirée à ruminer mes embêtements. Vous permettez que je m'arrête au motel pour me changer? reprit-il après un silence. J'en ai vraiment assez de cette veste blanche.

Ellen acquiesça en souriant. Elle paraissait détendue, comme si elle avait oublié la gravité de leurs problèmes.

— Installez-vous, dit-il lorsqu'ils furent dans son pavillon. J'en ai pour une minute.

A peine Hugh avait-il ouvert sa penderie qu'il se rendit compte que quelqu'un était venu en son absence. Son veston de sport, toujours sur son cintre, avait changé de place. Vivement, il alla ouvrir les deux tiroirs de la commode. Aucun doute, on avait fouillé dans ses affaires.

Il attrapa sa trousse de médecin sur l'étagère du placard. Elle aussi avait été ouverte. Hugh rougit de colère. Si la police avait voulu perquisitionner, pourquoi l'opération ne s'était-elle pas effectuée devant lui?

Lentement, il revint dans le salon. Ellen, debout près de la table basse, lui tendit une petite feuille de papier :

— Tenez. Un message pour vous, dit-elle.

La direction de l'hôtel l'informait qu'on le priait de rappeler un certain numéro de téléphone. En tortillant le bout de papier entre ses doigts, il murmura :

— Ma chambre a été fouillée.

Elle haussa les sourcils, mais sans faire aucun commentaire.

— Appelez donc ce numéro, dit-elle seulement.

Puis, elle s'assit dans un fauteuil — celui-là même qu'avait choisi Ringle la veille au soir.

Hugh demanda la communication par le standard.

— Commissariat de police de Scottsdale... annonça une voix masculine à l'autre bout du fil.

— Ici, le docteur Densmore, dit Hugh, étonné.

— Ne quittez pas.

— Allô, Densmore? Ici le marshal Hackaberry, de Scottsdale. J'aimerais vous voir.

Rien de menaçant dans le ton; il était aussi naturel et aussi cordial que si l'homme avait invité Hugh à déjeuner.

— D'accord, répondit Hugh. Quand voulez-vous?

— Pourriez-vous venir tout de suite?

Hugh hésita un moment, la main crispée sur le téléphone.

— Eh bien oui, si vous voulez.

— Parfait. Je vous attends.

Lentement, Hugh reposa l'appareil, sans regarder Ellen.

— Le marshal veut me voir. (Elle resta muette.) Tout de suite, ajouta-t-il, en la regardant, cette fois, droit dans les yeux.

— Eh bien, allons-y.

— Ah, non! Pas vous! décida-t-il.

— Je n'ai pas l'intention de vous tenir la main pendant que vous serez chez le marshal, dit-elle en souriant. Mais je vous accompagne à Scottsdale, et je vous attendrai.

— Non.

— Si. J'y tiens, fit-elle avec décision. Et vous ne me ferez pas changer d'avis.

Ils se dévisageaient, debout, très près l'un de l'autre. Hugh détourna le premier les yeux.

— D'accord. Je devrais même vous remercier, dit-il. J'avoue que j'ai besoin d'un soutien. Je ne vous l'ai que trop laissé voir.

Hugh arrêta la voiture devant la vitrine éteinte d'une boutique d'art indien. Il ne voulait pas se garer près du commissariat de police, de crainte qu'on aperçût Ellen.

— Et maintenant, qu'allez-vous faire? demanda-t-il.

— Ne vous inquiétez donc pas pour moi. Nous nous retrouverons ici quand vous aurez fini. Je reviendrai voir de temps en temps.

Il ne put s'empêcher de lancer :

— Et si je ne reviens pas?

— Ne dites pas de bêtises!

Avant qu'il ait pu descendre pour lui ouvrir la portière, elle sortit de la voiture et s'éloigna sans se retourner.

Hugh descendit les marches qui menaient au commissariat dans le sous-sol de l'hôtel de ville et pénétra dans la salle basse. Un jeune agent en pantalon et chemise kaki, avec un cordonnet noir en guise de cravate, assis derrière un grillage, manipulait un poste émetteur-récepteur.

Au fond de la pièce, un autre policier apparut sur le seuil d'un bureau. Il était vêtu comme le premier, mais sa ceinture portait des garnitures d'argent de style indien.

— Docteur Densmore? s'enquit-il en s'approchant.

— Oui.

— Entrez.

Le policier se dirigea vers le fond de la pièce et s'effaça pour laisser passer Hugh qui entra dans un petit bureau meublé d'une table jonchée de papiers. Sur une étagère, un ventilateur ronronnait. Le policier se présenta :

— Je suis le marshal Hackaberry.

Avait-il trente ou cinquante ans? On n'aurait su le dire, avec ce visage tanné qu'ont les hommes de l'Ouest quand ils vivent au grand air. Ses yeux étaient bleu pâle, ses cheveux d'un blond tirant sur le roux. Il passa derrière la table et se laissa tomber dans un fauteuil à pivot. D'un geste, il invita Hugh à s'asseoir sur une des deux chaises.

— Vous savez pourquoi je désirais vous voir, dit-il.

— Je pense que oui, répondit Hugh. C'est sans doute au sujet de la jeune fille qu'on a trouvée dans le canal.

Hackaberry acquiesça d'un bref signe de tête. Il souleva un galet pour prendre quelques feuillets de papier maintenus par une agrafe.

— Vous avez identifié le cadavre.

— J'ai identifié Iris Croom, rectifia Hugh posément.

Hackaberry posa sur Hugh un regard scrutateur puis baissa les yeux sur ses papiers en les tapotant de l'index.

— J'ai ici les rapports de Venner et de Ringle.

Il repoussa son fauteuil pour s'installer plus confortablement et poursuivit :

— C'est une affaire qui regarde la police de Scottsdale. Du moins pour l'instant. La victime a été trouvée sur notre territoire. Toutefois, si la mort s'est produite à Phœnix même, le dossier sera transmis à la police de la ville.

— Je vois, dit Hugh.

— L'autopsie nous fournira peut-être une piste, reprit le marshal. Mais ce n'est pas certain et dans ce cas, il faudra mener une enquête approfondie. (Il fourragea dans ses papiers sans lever les yeux vers Hugh.) En tout cas, n'allez pas vous imaginer qu'on vous cherche des poux dans la tête parce que vous êtes un... parce que vous n'êtes pas blanc. (Il redressa la tête d'un geste brusque et dévisagea Hugh.) Je me fiche de la couleur de votre peau. Si vous avez tué, vous paierez. Sinon, vous ne m'intéressez pas.

— Je ne l'ai pas tuée, affirma Hugh nettement.

— Bien. Maintenant que nous sommes bien d'accord, allons-y. Racontez-moi comment vous avez embarqué cette fille à Blythe et comment vous l'avez amenée à Phœnix. (Le marshal se carra dans son fauteuil, puis tendant l'oreille, ajouta aussitôt :) Attendez une minute. (Il se leva, alla jusqu'à la porte et l'ouvrit.) Les deux inspecteurs sont là? cria-t-il. (Il se pencha dans l'entrebâillement de la porte.) Ringle, Venner, entrez et apportez un siège; il n'y en a pas assez ici.

Hugh se raidit en entendant les deux noms. Quelle absurdité d'avoir pu espérer qu'il pourrait s'expliquer seul à seul avec le marshal.

Ringle entra, suivi de Venner, qui portait une chaise. Ils s'assirent de part et d'autre de la table.

— Où est votre voiture, M... Docteur Densmore? demanda le marshal.

Ils avaient vérifié et savaient qu'elle n'était pas devant le commissariat.

— Je l'ai garée pas bien loin d'ici. Devant cette boutique indienne.

— Vous permettez que mes hommes l'examinent pendant que nous discutons? Ça gagnerait du temps, pour eux et pour nous.

Ellen pouvait être revenue, malgré ses avertissements. Ou encore, peut-être chercherait-elle la voiture avant que les policiers ne l'aient ramenée à sa place. Enfin, la jeune fille était de taille à faire face à l'imprévu, il en avait déjà eu la preuve. De toute façon, il était décidé à ne pas parler d'elle. Lentement, il tira les clefs de sa poche et les tendit au marshal.

— Cette fille est venue jusqu'à Phœnix avec moi, souligna-t-il. Vous pouvez vous attendre à trouver ses empreintes digitales partout.

— Sur la banquette arrière aussi? s'enquit insidieusement Venner.

— Elle n'a jamais été sur la banquette arrière!

Hugh maîtrisa sa fureur de justesse. Il fallait se méfier des provocations.

— Je vais régler ça et je reviens, dit le marshal, ensuite vous pourrez tout nous raconter en détail.

Il quitta la pièce. Les clefs tintaient dans sa main, faisant un contrepoint au martèlement de ses talons. Seul avec les deux policiers, Hugh détourna la tête pour éviter les regards qu'il sentait peser sur lui.

— Peut-être bien que je me suis trompé, confia Venner à Ringle, comme s'il poursuivait une conversation. Peut-être qu'il a même pas pris le temps de s'installer sur la banquette arrière.

L'autre se contenta d'émettre un grognement évasif.

— T'as vu Crumb? demanda-t-il.

— Oui, à l'instant.

— Comment prend-il tout ça?

—. Comment veux-tu qu'il prenne qu'un nègre ait fricoté avec sa fille?

Hugh se contraignit à garder les yeux fixés sur le mur. Mais Ringle explosa.

— Tu lui as tout de même pas raconté...

Venner s'esclaffa bruyamment.

— Mais non, finit-il par avouer entre deux hoquets. Je lui ai pas causé de notre copain mal blanchi. (Il cracha avec dégoût.) Je lui ai dit seulement ce qu'Hackaberry avait permis de lui raconter, *c'est-à-dire* trois fois rien. Mais quand il saura... Il sera drôlement mauvais.

Venner avait achevé sa phrase à voix basse, Hackaberry rentrait, en criant par-dessus son épaule :

— Et qu'on ne me dérange sous aucun prétexte.

Le marshal referma la porte avec soin, se rassit dans son fauteuil et tira une bouffée de sa pipe.

— Si vous voulez bien, docteur, dit-il, je vais enregistrer notre entretien. (Il ouvrit d'un coup sec un tiroir de son bureau et désigna le magnétophone qui y était encastré.) Comme ça, nous n'aurons à craindre aucune erreur de mémoire.

Hugh inclina la tête. Il n'avait pas le choix. Hackaberry mit l'appareil en marche. Il précisa le lieu, l'heure, l'identité des personnes présentes.

— Le Dr Densmore est venu de son plein gré, précisa-t-il. Il n'est pas représenté par un avocat et n'est sous le coup d'aucune accusation. (Il se tourna vers Hugh.) Vous ne vous opposez pas à l'enregistrement, docteur Densmore?

— Pas du tout, répondit Hugh, tout en songeant combien il était facile de truquer une bande magnétique.

— Merci.

Hackaberry arrêta l'appareil et fit repasser le début de la conversation. Il en fut satisfait. Les voix étaient distinctes.

— O. K.

Il remit l'appareil en marche.

— Vous pouvez y aller, docteur. En remontant, si possible, à l'origine de l'affaire.

Hugh, feignant d'ignorer la présence des deux autres policiers, concentra toute son attention sur le marshal. Il raconta sa première rencontre avec Iris, expliqua pourquoi il l'avait prise avec lui, comment il en était venu à la soupçonner de mentir, et avait décidé de lui faire prendre un autocar à Blythe. Parvenu à la fin du récit de cette journée, il se tut, et prit le temps d'allumer une cigarette. Ringle passa immédiatement à l'attaque.

— Vous ne nous aviez rien dit de tout ça!

Hugh tira une bouffée de sa cigarette avant de répondre.

— Je croyais que vous attendiez de moi une simple identification, dit-il calmement.

Ringle lui jeta un regard sombre mais ne fit aucun commentaire. Hugh reprit son récit et relata les événements du lendemain matin. Hackaberry posa sa pipe éteinte.

— Cette enveloppe où elle a inscrit le nom et l'adresse de sa tante, vous l'avez? demanda-t-il en pianotant sur un bloc-notes.

— Oui. Elle est quelque part au motel. Mais l'adresse et la personne sont également imaginaires. D'ailleurs, Iris m'a avoué par la suite qu'elle avait bien une tante de ce nom, mais à Denver.

— Tiens, vous l'avez donc revue? intervint Venner d'une voix traînante.

— Oui, une fois, répliqua Hugh sèchement.

Il avait atteint le point critique. S'il ne parvenait pas à les convaincre, sa position serait terriblement compromise. Ils ne chercheraient pas leur avorteur plus loin. Sans hâte, il écrasa son mégot dans un cendrier, puis, se tournant à nouveau vers le marshal, il lui raconta la visite d'Iris au motel.

— Je ne l'ai jamais revue depuis, conclut-il, jusqu'à ce que les inspecteurs ici présents, sur la foi d'une information anonyme, m'emmènent à l'Institut médico-légal, la nuit dernière, pour identifier le corps.

— Tout ça était absolument régulier, Marshal, marmonna Venner dans sa barbe. Il est venu de son plein gré.

— Et quand vous l'avez identifiée, coupa Ringle durement, vous n'avez pas pensé que ce que vous venez de raconter pourrait être utile à l'enquête?

— J'ignorais la cause de sa mort, se défendit Hugh. Je savais seulement que je n'y étais mêlé ni de près ni de loin.

Le marshal prit un ton exagérément aimable :

— Il ne vous est pas venu à l'esprit, en lisant l'article dans le journal samedi, que la jeune fille du canal pouvait être celle que vous connaissiez?

Hugh prit son temps pour répondre :

— Je ne pense pas... Enfin, l'idée m'a peut-être effleuré, mais je n'avais aucune raison de m'y attarder. J'étais persuadé que la jeune fille qui s'était noyée dans le canal était de la région.

— Ah oui? fit le marshal d'un ton sceptique. Vous voulez dire qu'à la lecture du journal, vous avez cru à un suicide?

— L'article que j'ai lu ne proposait aucune autre explication.

Le marshal hocha la tête et, brusquement, pointa vers Hugh sa pipe éteinte.

— Nous ne savons pas s'il s'agit d'un meurtre. Le médecin légiste ne rentre que demain. Peut-être qu'on l'a jetée à l'eau. Mais en tout cas, nous savons qu'elle a subi un avortement avant sa mort. (Il se leva.) Il se peut que nous vous convoquions de nouveau après l'autopsie. Je suis obligé de vous demander de ne pas quitter la ville sans m'en rendre compte.

L'entretien était terminé. Hugh se leva.

— Je quitte les Palmiers demain pour m'installer chez mes grands-parents, dit-il.

Sans attendre, il indiqua l'adresse et le numéro de téléphone.

— En cas de besoin, vous pourrez m'appeler là-bas, ajouta-t-il. Ringle notait les renseignements dans son calepin.

— Vous retrouverez votre voiture où vous l'aviez garée, dit le marshal. Merci d'être venu.

Et comme Hugh s'apprêtait à sortir, il ajouta :

— Nous gardons les outils, provisoirement.

Hugh se retourna d'une seule pièce. Croyaient-ils vraiment, était-il concevable qu'on se fût servi des outils d'une voiture pour « opérer » Iris? Cette seule idée lui soulevait le cœur.

Les trois hommes l'observaient attentivement.

— Ça ne vous ennuie pas? demanda le marshal.

Il parvint à répondre : « Pas du tout », pivota sur les talons et sortit.

La lune était haut dans le ciel et baignait la rue déserte d'une lueur blême. Comme il remontait dans sa voiture, il aperçut un bout de papier qui dépassait du cendrier sur le tableau de bord. Il alluma le plafonnier et lut : « Je suis chez Victor. » Pas de signature, mais cette écriture élégante et cursive ne pouvait être que celle d'Ellen.

Il démarra et roula jusqu'au carrefour où brillait

l'enseigne au néon d'une grande brasserie décorée dans le style rustique : « Chez Victor ». En dépit de l'heure tardive, il y avait pas mal de monde à l'intérieur. Hugh trouva Ellen installée dans un box à proximité de la porte. Elle lui lança un coup d'œil interrogateur tandis qu'il se glissait sur la banquette en face d'elle.

— Ça a été long. Excusez-moi, dit-il.

— Je ne suis pas ici depuis bien longtemps.

Elle avait devant elle un café chaud et les restes d'un sandwich. Une jeune serveuse apporta le menu et il passa sa commande.

— Votre voiture avait disparu.

— Ils l'avaient prise. Pour l'examiner. Votre petit mot...

— Après qu'ils l'aient ramenée. (Elle scrutait son visage.) Comment ça s'est passé?

— Pas trop mal. Bien sûr, ils ne me croient pas. Ou plutôt ils cessent de me croire au moment où j'affirme : « Je ne l'ai plus jamais revue. »

— Que disent-ils?

— Rien. Mais il suffit de voir leur tête. Ringle et Venner...

— Ils étaient là?

— Phœnix les a détachés pour s'occuper de l'affaire.

La serveuse réapparut et, sans un mot, déposa sur la table un hamburger et une tasse de café.

Ellen but une gorgée de café.

— Racontez-moi tout sans rien oublier, Hugh.

Il avait commencé à manger son hamburger.

— D'accord, dit-il, la bouche pleine. Mais donnez-moi une minute. Je suis très affamé tout d'un coup.

Son steak fini, sa tasse vidée, il alluma une cigarette et se tourna vers Ellen. Elle l'écouta sans le quitter des yeux ni l'interrompre une seule fois.

— Enfin, ça ne s'est pas trop mal passé ce soir,

conclut-il, mais ils ne pouvaient pas m'accuser de l'avoir tuée, ne sachant pas encore de quoi elle est morte au juste.

Ellen prit un air songeur.

— Mais quand ils seront fixés, dit-elle, j'ai bien peur qu'ils s'en prennent à vous... (Elle hésita.) Écoutez, Hugh, il faudrait que vous preniez un avocat, le meilleur possible.

— Peut-être, oui, avoua Hugh à contrecœur.

Et, comme il s'était replongé dans son mutisme, Ellen reprit :

— Pendant que vous étiez au commissariat, j'ai téléphoné à mon père à Washington. Il me rappellera demain matin. (Le visage fermé de Hugh lui arracha un sourire.) Il nous trouvera l'homme qu'il nous faut, comptez sur lui.

— Et si je m'adressais simplement à Edward ? objecta Hugh. Il connaît tout le monde à Phœnix.

— Non, répliqua-t-elle, impérative. La police trouverait tout naturel qu'un avocat noir vous croie. Ou qu'il vous défende comme s'il vous croyait, quoi qu'il en pense au fond de lui-même. Il vous faut un homme jeune, côté libéral mais sans excès, un Américain cent pour cent, marié et père de famille, pour avoir aussi sa femme et ses enfants dans notre camp.

Hugh ne put s'empêcher de sourire.

— Vous ne vous imaginez pas que vous allez trouver cet oiseau rare ici ?

— Qui sait ? Mon père est extraordinaire, vous savez, dit-elle. Je vous appellerai demain matin dès que j'aurai eu de ses nouvelles, c'est-à-dire très tôt à cause de la différence d'heure.

Hugh jeta un coup d'œil sur la pendule murale. Il était une heure et demie passée. Seules quelques tables étaient encore occupées.

— Je vais vous ramener, dit-il en prenant l'addition pliée sur la table.

A petite allure, Hugh roula jusque chez Edward et accompagna Ellen au sommet du perron.

— Ne vous faites pas trop de mauvais sang, Hugh, dit-elle en lui posant la main sur le bras. Rentrez chez vous et dormez. Demain matin, tout se présentera sous un meilleur jour. Je suis sûre que l'avocat vous tirera très facilement d'affaire.

Il répondit « Oui, M'dame », et la laissa là, sans même lui serrer la main.

CHAPITRE IV

Il rentra au motel sans incident. Comme il ouvrait la porte de son pavillon, il aperçut une petite enveloppe qui faisait une tache claire à ses pieds et la ramassa. Elle était d'un rose bonbon qui trahissait la papeterie bon marché. Édifié d'avance, il l'ouvrit. Le message était tracé en majuscules d'imprimerie, au crayon, sur une page quadrillée arrachée à un calepin. Il disait simplement : « FOUS LE CAMP DE PHŒNIX, SALE NÈGRE ».

Si l'on avait cherché à l'effrayer ou à le mettre en colère, c'était un échec. Car une sorte de joie farouche l'envahit.

Quelqu'un était venu au motel, s'était aventuré jusqu'au seuil même de sa porte pour y glisser l'enveloppe. Quelqu'un de coupable et qui avait dû rester pas mal de temps aux aguets, pour faire son coup. Vivement, Hugh éteignit la lumière et regagna sa voiture. Il éprouvait un irrésistible besoin de passer à l'action. Après tout, il était à peine deux heures du matin; et Hugh savait où trouver Edward : St-Hilary, un grand hôpital à l'autre bout de la ville près de Thomas Road. Il s'y rendit tout droit.

Après quelques instants d'attente, une réceptionniste aux cheveux grisonnants lui annonça que le docteur était prêt à le recevoir.

Hugh prit l'ascenseur. Quand la porte automatique s'ouvrit, Edward l'attendait sur le palier.

Il ne posa aucune question et ne parut même pas surpris de voir Hugh faire ainsi irruption en pleine nuit.

— Il y a une pièce par là où je viens de temps en temps dormir un peu. La nuit sera longue. J'ai deux futures mères sur le point d'accoucher. (Il ouvrit la porte à Hugh.) Installe-toi là, dit-il. Tu vas boire une tasse de café avec moi.

Une minute plus tard, Edward était revenu. Il remplit la tasse de Hugh, se servit lui-même et décréta :

— Tu prends le fauteuil. Moi, égoïstement, je m'attribue le lit. (Il dressa l'oreiller contre la tête du lit et s'étendit, sa tasse posée sur la table de nuit à portée de main.) Et maintenant, dis-moi ce qui t'amène à cette heure?

Hugh remuait le sucre au fond de sa tasse.

— Je donnerai cher pour ne pas être obligé de t'embêter avec mes histoires, mais...

— Allez, vas-y donc, l'encouragea Edward.

— Tu as lu dans le journal ce matin qu'on a repêché une jeune fille dans le canal? (La voix de Hugh s'étrangla.) Eh bien, c'est moi qui l'ai amenée à Phœnix.

— Seigneur, murmura Edward.

Une fois de plus, il relata son aventure depuis l'incident initial.

— On l'autopsie demain, conclut-il. Je suis sûr du résultat. On constatera qu'elle a été assassinée. Un avortement ou ses suites. Et on s'en prendra à moi sans chercher plus loin.

— Il n'y a aucun moyen de prouver que tu n'as pas quitté le motel cette nuit-là? s'enquit Edward.

— Aucun. Et puis après? Pas besoin de sortir pour faire un avortement.

Edward soupira.

— A mon avis, dit-il, le mieux serait de prendre un avocat dès demain matin.

Aussitôt, Hugh lui exposa la discussion qu'il avait eue à ce sujet avec Ellen et la décision à laquelle ils s'étaient finalement arrêtés. Edward réfléchit un moment, puis approuva leur choix.

— Mais je regrette tout de même une chose, dit-il après avoir allumé une cigarette. Pourquoi ne m'as-tu pas tout raconté immédiatement? J'aurais alerté l'ordre des médecins.

— Je ne pouvais pas. Tu comprends, je ne pouvais pas gâcher le mariage de Clytie... (Il marqua un temps d'arrêt.) Edward, reprit-il, j'ai besoin de connaître les noms des avorteurs de la ville et des environs. Il faut que je trouve l'homme ou la femme qui a commis ce crime. Les policiers ne le rechercheront pas. Je leur suffis.

Edward resta silencieux un long moment.

— Je n'ai pas entendu parler d'affaires d'avortement depuis quelque temps, dit-il enfin, mais je vais étudier le problème. D'ici demain, j'espère pouvoir te trouver des renseignements. C'est un sujet difficile à aborder, remarque, mais avec la mort de cette fille, on va sans doute beaucoup bavarder... En tout cas, je ferai tout mon possible.

Hugh se dirigea vers la porte. La fatigue lui était tombée d'un seul coup sur les épaules. Quant à Edward, il devait être exténué.

— Encore une chose. Pas un mot à la famille, hein? Je t'en prie.

— Entendu. C'est un risque à courir, mais on peut peut-être espérer s'en tirer sans qu'ils sachent jamais rien.

Leur conversation fut interrompue par une infirmière qui venait d'entrer après avoir frappé à la porte.

— Pourriez-vous venir tout de suite, docteur Willis? dit-elle avec agitation. Le numéro un semble prête à accoucher.

Hugh salua rapidement son beau-frère, quitta l'hôpital et rentra au motel. Aucun nouveau message n'avait été glissé sous la porte. Quand il posa la tête sur l'oreiller, il dormait déjà.

La voix d'Ellen, au téléphone, lui parut aussi claire que le rayon de soleil qui filtrait entre les rideaux.

— Je vous ai laissé dormir le plus longtemps possible. (Il jeta un coup d'œil à sa montre. Elle indiquait dix heures et demie). Voulez-vous venir me chercher? Je viens m'installer aux Palmiers.

— Je règle ma note, et j'arrive... Dites moi... Et cet avocat?

— Nous avons rendez-vous à une heure moins le quart. Alors, dépêchez-vous.

Il sortit du lit et gémissant, prit sa douche, s'habilla et fit ses valises. La douche l'avait réveillé. Quand il fut prêt à partir, il appela la réception.

— Ici le docteur Densmore, au 126. Voudriez-vous me préparer ma note? Je m'en vais.

Il mit ses bagages dans sa voiture et la conduisit jusqu'à la porte du bureau. Il espérait qu'on ne ferait pas de difficultés pour accepter un chèque, car il n'avait pas cinquante *cents* en poche.

L'employée de service était une jolie femme aux cheveux prématurément grisonnants.

— Je vous ai dérangé pour rien, docteur Densmore. Le Dr Willis avait réglé votre chambre d'avance. Excusez-moi.

Edward pensait décidément à tout, même aux éventuelles difficultés financières d'un interne. Il remercia l'employée et sortit pour regagner la voiture. Il n'avait pas laissé d'adresse. Pour un temps au moins, l'inconnu aurait du mal à continuer à le harceler.

Il trouva Ellen seule chez Stacy, ses deux petites valises déjà prêtes dans l'entrée. Elle portait le même tailleur de soie noire que la veille au soir.

— Où sont-ils donc?

— Ils sont allés accompagner les Bent à la gare. (Elle passa ses gants blancs.) Je vous ai laissé la grande valise à descendre. Elle est dans la chambre de Clytie.

Il alla la chercher et la plaça avec les autres dans le coffre. Puis tous deux reprirent la route des Palmiers.

— Quel prétexte avez-vous donné pour rester à Phœnix?

Elle haussa légèrement les épaules.

— J'ai dit tout simplement que j'avais décidé de me reposer quelques jours. Il a fallu que je me bagarre pour qu'on me laisse m'installer à l'hôtel. Mais j'ai tenu bon.

— La victoire appartient à qui sait la forcer, approuva-t-il en souriant. (Il ajouta :) Si j'ai bien compris, nous avons rendez-vous avec un avocat à midi?

— Oui. Il se passera de déjeuner pour nous recevoir. Mon père lui avait téléphoné avant de m'appeler. A son avis, c'est un bon signe que M. Houston nous fasse ce sacrifice. Reste à le convaincre de se charger de votre affaire.

— Comment? Il n'a pas encore accepté? (Dans son émoi, Hugh faillit manquer l'entrée des Palmiers.)

— Un avocat ne prend pas un dossier avant de connaître les faits, Hugh, expliqua Ellen.

— J'ai beaucoup à apprendre, reconnut-il. Voulez-vous entrer ou préférez-vous vous inscrire sans descendre de voiture?

— Je vais entrer. Vous devriez même m'accompagner. Pour que tout ait l'air normal.

La même jeune femme avenante était au bureau de la réception.

— Je vous amène Miss Hamilton, annonça Hugh en souriant. Elle était descendue chez ma sœur.

L'employée tendit une fiche à Ellen.

— Je suis au courant. Mrs. Willis m'a téléphoné.

Ellen remplit la fiche, sans ôter son gant immaculé.

La jeune femme y jeta un coup d'œil et tendit une clef.

— Je crains bien que le ménage ne soit pas encore fait, Miss Hamilton. (Elle regarda Hugh en souriant.) Le client qui vous a précédée vient seulement de partir. Mais nous n'avons rien d'autre de libre pour l'instant.

C'était un mensonge, et ils le savaient tous, mais il n'y avait aucune trace d'aigreur entre eux. Cinq ans plus tôt, elle n'aurait pas eu de pavillon libre; dix ans avant, elle aurait dit : « On ne reçoit pas les nègres. »

— Je vous envoie une femme de chambre immédiatement, promit-elle.

— Rien ne presse, assura Ellen. Je déjeune en ville.

Hugh la pilota jusqu'à la porte maintenant familière et déposa ses bagages à l'intérieur du pavillon. Puis ils repartirent vers le centre de la ville.

L'immeuble dans lequel ils pénétrèrent était à coup sûr un vestige des temps héroïques. Pas d'ascenseur, un vieil escalier de bois sans moquette. Ils grimpèrent en silence jusqu'au dernier étage, le troisième. Au bout d'un long couloir, ils atteignirent une porte dont la vitre dépolie portait *Skye Houston, Avocat* et, en plus petits caractères, au-dessous : *Aquí, Se Habla Español*.

L'antichambre était minuscule. Sans le climatiseur installé sur l'appui d'une fenêtre, l'air eût été irrespirable.

Hugh désigna un téléphone intérieur :

— On s'annonce?

Au même instant, le son lointain des sirènes de midi leur parvenait. Une porte s'ouvrit. Un homme de haute taille apparut sur le seuil.

— Hamilton et Densmore?

Ellen sourit, Hugh inclina la tête.

— Entrez, je vous prie.

C'était une pièce d'angle qui donnait à la fois sur Washington Avenue et sur la 1re Avenue avec de confortables fauteuils de cuir patiné.

Houston était un homme mince, large d'épaules, nettement plus grand que Hugh. Il portait un costume d'été sombre, bien coupé, une chemise blanche et une cravate foncée très sobre. Ses cheveux coupés court étaient décolorés par le soleil. Il était très bronzé, beaucoup plus noir qu'Ellen, presque autant que Hugh, et le bleu de ses yeux en paraissait d'autant plus clair. Il avait des lunettes à grosse monture d'écaille et paraissait à peine quarante ans.

Il désigna des chaises. Sa voix était courtoise, mais rigoureusement impersonnelle.

— Asseyez-vous, je vous en prie. Excusez-moi, mais je suis obligé de déjeuner pendant que nous bavarderons. Je dois être au tribunal avant deux heures.

Il s'installa derrière son bureau, où sur une nappe blanche, entre les dossiers, étaient disposés un steak, un saladier bien garni et un pot de café.

— Votre père m'a téléphoné de Washington ce matin, Miss Hamilton, dit-il. Il m'a laissé entendre que M. Densmore avait besoin d'un conseil et que son affaire pourrait m'intéresser. Je n'en sais pas plus. Voudriez-vous être assez gentille pour me mettre au courant?

Il s'était adressé directement à Ellen comme si elle devait servir d'interprète entre Hugh et lui.

— C'est plutôt à Hugh de le faire, dit Ellen. Moi, je ne suis qu'une amie.

Elle fit signe à Hugh de prendre le relais. Il se demanda par où entamer son récit. Comme il était impossible de se faire bien comprendre sans remonter au tout début, il commença sur la route d'Indio.

Skye Houston écouta, impassible. Son repas, qu'il achevait, ne l'empêchait pas d'être attentif au moindre mot, à la moindre inflexion. Quand Hugh se tut, il ne fit qu'un commentaire : « Intéressant. » Puis il décrocha son téléphone et composa un numéro.

— Ici Skye Houston. Passez-moi le chef, s'il vous plaît.

Pendant qu'il attendait, il alluma une cigarette.

— Allô, Bruce? Skye Houston. Quels sont les résultats de l'autopsie de la jeune fille du canal?

Il écouta tout en griffonnant sur un bloc-notes. Quand le « chef » (le chef de la police sans doute?) se tut, il dit incidemment :

— Je le représente. Vous pouvez en avertir qui de droit.

Ellen adressa à Hugh un regard de triomphe.

Déjà, Skye composait un autre numéro.

— Skye Houston. Pourriez-vous me faire passer un coup de fil quand le juge arrivera? Merci. A bientôt.

Il raccrocha et fit encore un autre numéro avant de dire à Hugh :

— Vous aviez raison, elle a été tuée.

Il s'interrompit quand son interlocuteur répondit. Il se nomma et demanda :

— Hack est là?

Pendant qu'il attendait, il fit tomber la cendre de sa cigarette dans un cendrier d'argent.

— Hack? Je viens de téléphoner à Bruce à propos du meurtre du canal. Avez-vous l'intention d'interroger encore le Dr Densmore? (Il fit un petit geste d'impatience avec sa cigarette.) Pourquoi ça m'intéresse? Parce que je le représente.

Après un bref silence, il demanda :

— Pourriez-vous remettre ça à demain trois heures? Cet après-midi, je suis au tribunal.

Il écouta encore un instant, puis interrompit sèchement :

— Certainement, vous pouvez lui parler autant que vous voulez, en ma présence ou hors de ma présence. Mais n'oubliez pas que je suis son avocat.

Il reprit plus aimablement :

— Je vous rappelle demain matin, Hack. Merci beaucoup.

Il raccrocha et repoussa le téléphone.

— Bon, dit-il, voilà. Il y a eu avortement. Du travail bâclé. Elle aurait pu en mourir plus tard. Mais elle a été tuée d'un coup sur la tête. Asséné avec une clef anglaise ou un outil de ce genre.

Il ôta ses lunettes d'écaille et les fit balancer au bout de ses doigts.

— Je prends cette affaire. Je ne devrais pas, car j'ai deux fois plus de travail que je ne puis en abattre en ce moment. Mais elle m'intéresse. Et ce n'est pas si souvent qu'on tombe sur une affaire intéressante à Phœnix.

On frappa à la porte. (Le bureau n'avait pas d'interphone.) Houston éleva légèrement la voix :

— Entrez.

Une tête passa par l'entrebâillement, une tête jeune, jolie, avec des cheveux blonds et bouclés. Un regard effleura Hugh et Ellen, mais sans s'arrêter sur eux.

— Qu'est-ce que c'est, Meg?

71

— Vous m'avez demandé de vous avertir quand il serait temps d'aller au tribunal, monsieur Houston.

— Prévenez-moi quand le greffier téléphonera. Ce vieil âne de juge m'a fait attendre assez souvent.

La tête disparut comme par enchantement.

— Où en étais-je? Ah oui. Donc, je me charge de votre affaire. Seulement je prends cher. Autant que vous le sachiez tout de suite.

Avant que Hugh ait pu dire un mot, Ellen avait répondu quelque chose comme « ça n'a pas d'importance ». Hugh approuva.

— J'ai l'intention de devenir gouverneur de cet État. Je lancerai ma campagne dans quatre ans... C'est vous qui la financerez. Je préviens tous mes clients. Ils ont le droit de savoir qu'ils contribuent à alimenter mon trésor de guerre. (Il commença à rassembler ses papiers.) Mais ne vous tourmentez pas. Votre crédit est bon, docteur Densmore. Quand je vous aurai tiré d'affaire, nous nous mettrons d'accord sur un chiffre raisonnable. Je suis cher, mais raisonnable.

La secrétaire, une seconde fois, frappa et passa la tête par la porte.

— Il arrive.

— Merci, j'y serai juste à temps.

Elle avait disparu avant qu'il n'ait fini sa phrase. Toujours parlant, Houston ferma sa serviette et repoussa son fauteuil. Hugh et Ellen se levèrent.

— Il faut que nous discutions de tout cela plus à fond et que nous dressions nos batteries. Si nous dînions ensemble? Ça ne vous ennuie pas de venir jusque chez moi? L'adresse est dans l'annuaire. Mockingbird Lane. A Scottsdale.

Il contourna son bureau et serra la main d'Ellen.

— Vous venez aussi. (C'était un ordre, pas une politesse.) Vers six heures et demie? (Il serra vigoureusement la main de Hugh.) Apportez vos maillots si vous voulez vous baigner. Je trouve que ça repose après une journée étouffante.

La porte se referma derrière lui, et ils entendirent son pas s'éloigner dans le couloir.

Hugh, déconcerté, regarda Ellen.

— Qu'est-ce que vous en pensez?

— Nous n'aurions pas pu trouver mieux, affirma Ellen avec chaleur. Même à Washington.

Hugh la considéra d'un air perplexe.

— Vous ne trouvez pas qu'il inspire étonnamment confiance? s'étonna Ellen.

— Peut-être, oui, acquiesça Hugh.

Il ne lui avoua pas qu'il avait plus peur que jamais.

— Et maintenant, où va-t-on déjeuner? demanda Ellen.

Hugh réfléchit un instant.

— Il y a une cafeteria pas bien loin d'ici, suggéra-t-il. C'est tranquille et sympathique et on y mangeait bien dans le temps. Ça vous va?

— Parfaitement.

En passant devant un kiosque à journaux, il acheta les deux quotidiens de Phœnix. Il s'aperçut alors qu'il n'était pas en mesure d'inviter Ellen, ni même de payer son propre repas. Mais il n'en fut pas autrement embarrassé; avec Ellen, il pouvait prendre la chose en riant.

— J'espère que vous avez assez d'argent pour nous entretenir tous les deux. Je n'ai pas eu le temps de m'arrêter à la banque.

— Je serai ravie de vous inviter, dit-elle.

— Pas du tout. Je vous rembourserai, l'avertit-il. J'y tiens.

Elle se moqua gentiment de lui :

— Je ne gâcherai pas une amitié pour un ou deux dollars.

La fraîcheur de la cafeteria les saisit. Ils garnirent leurs plateaux et réussirent à trouver une table pour deux. Sans plus de façons, ils prirent chacun un des quotidiens et lurent tout en mangeant. De temps en temps, l'un d'eux lisait une phrase à voix haute. Quand ils eurent terminé le seul article qui les intéressât, ils échangèrent leurs journaux.

Celui du matin ne faisait que reproduire les informations de la veille; mais la première édition du journal de l'après-midi titrait sur l'identification de Bonnie Lee Crumb par son père, Albert Crumb, mécanicien à Indio. Il donnait en première page une photo de M. Crumb à son arrivée à l'aéroport : un homme parfaitement banal, d'une quarantaine d'années, vêtu d'une chemise de sport à col ouvert et d'un pantalon mal repassé. Selon l'article, M. Crumb, « les lèvres serrées, et luttant manifestement contre son émotion, avait identifié sa fille et exprimé l'espoir qu'on attraperait « le salaud qui a fait ça ». Si le meurtrier « lui tombait sous la main, il ne ferait plus jamais de mal à une jeune fille ». Une seule et brève allusion à la mère pour dire qu'elle avait divorcé alors que Bonnie Lee était toute petite. Elle ne s'était pas présentée. Iris avait sûrement dit vrai : ils ne savaient pas où était sa mère.

Hugh fit observer que son nom n'était même pas cité. Elle s'en étonna comme lui.

— Je ne comprends pas non plus. Peut-être craignent-ils de lui aliéner la sympathie de l'opinion. S'ils veulent la présenter comme une petite fille innocente et pure, cette histoire d'auto-stop et de faux nom gâcherait tous leurs effets.

Quand ils sortirent de la cafeteria, la chaleur étouffante de l'après-midi s'appesantit brusquement sur eux. Ils regagnèrent la voiture.

— Je vais vous reconduire chez vous, proposa

Hugh. Ensuite, je passerai à la banque et j'en profiterai pour aller voir Clytie. Et je reviens aux Palmiers ensuite.

— Entendu, dit Ellen avec un sourire; je vous attendrai.

A cinq heures et demie, il frappait à la porte du pavillon du motel.

Ellen n'était pas encore habillée pour le dîner; elle portait un short de tennis et un chemisier blanc.

— Rien à signaler? demanda-t-il.

— Non, pour une fois. (Elle alla vers la table près des portes-fenêtres.) J'ai préparé des daiquiris, annonça-t-elle.

Elle avait même givré les verres. Il se laissa tomber dans un fauteuil et prit le verre qu'elle lui tendait.

— Voilà qui va me ressusciter, dit-il.

— Tâchez de ressusciter vite, prévint-elle en souriant. Je ne veux pas manquer le bain chez Skye. Je n'en ai pas pris cet après-midi parce que je voulais me reposer.

— Vous seriez allée à la piscine du motel? demanda-t-il, faussement indifférent.

— Pas vous?

— Je n'en aurais pas eu le cran, reconnut-il franchement. Je n'ai pas une âme de croisé.

— Moi non plus. Mais j'adore nager. Je ne crois pas que beaucoup de gens s'en iraient avec des airs offusqués si j'y allais. (Elle sourit légèrement.) Et je parierais bien que le directeur ne viderait pas la piscine après. Ça coûte trop cher!

— Bien sûr, vous avez raison, acquiesça-t-il. C'est dans la loi, maintenant il faut que ça entre dans les mœurs.

Il vida son verre, trop vite, mais il n'y avait pas de temps à perdre.

— Je fonce chez mes grands-parents me changer. Je tâcherai d'être de retour au quart. Je me demande si Houston est aussi à cheval sur l'heure avec ses invités qu'avec ses clients.

— On verra bien.

Elle l'accompagna jusqu'à la porte. Une interrogation muette persistait dans son regard. Hugh ne pouvait pas encore lui répondre. Il se contenta de lui dire :

— Si quelque chose va de travers, je vous appellerai.

CHAPITRE V

Toute la famille, réunie au salon, attendait. Hugh, pris d'une angoisse subite, crut un instant que les policiers étaient venus. Puis Gram déclara d'un ton pincé :

— Ce n'est pas trop tôt!

Non, Dieu merci, ils n'étaient pas venus.

Son grand-père considéra tous ses bagages qu'il venait de déposer sur le sol.

— Pourquoi n'as-tu pas appelé? s'étonna-t-il.

— Oh, ce n'était pas la peine, répondit-il, embarrassé.

Un moment après, il se retrouvait dans sa chambre du premier avec son grand-père qui avait tenu à se charger d'une des valises.

— On t'a demandé au téléphone, annonça grand-père. (Hugh demeura silencieux.) J'ai noté le numéro. (Il déplia un bout de papier.) Je n'ai rien dit aux femmes. Elles sont trop curieuses, conclut-il avec un petit rire.

Le numéro dansait devant les yeux de Hugh. L'appel venait de Scottsdale.

— Rien de fâcheux, au moins, Hughie? (Ou bien il avait reconnu le numéro, ou alors le visage de Hugh avait trahi son trouble.) Tu peux toujours te confier à moi, tu sais.

Hugh le regarda et lut dans ses yeux la compassion et la compréhension de toute une race. Pourtant, il mentit. Il mentit en riant.

— Pas du tout. C'est au sujet du dîner de ce soir. Un ami d'Ellen, un avocat, nous a invités. (Il froissa le papier et le laissa tomber sur la table.) Il a pu la joindre et elle m'a fait la commission.

— Un ami blanc? s'enquit le vieil homme d'une voix douce.

— Oui. C'est la fille du juge Hamilton, tu sais, répondit Hugh, comme si cela constituait une explication suffisante.

— Enfin, dépêche-toi, ou tu vas être en retard, lui dit son grand-père en s'en allant.

Hugh ferma la porte du couloir. Avec cette nouvelle convocation de la police, pas question de rentrer à l'hôpital le lendemain. Il fallait écrire au Doyen sans tarder.

Dans le tiroir de la table, il trouva du papier et des enveloppes. Sa lettre fut vite écrite. Il avait déjà raconté son histoire tant de fois! Il exprimait l'espoir de se voir accorder une prolongation de son congé et précisait en terminant : « Ma famille ne sait rien. Et j'espère qu'elle ignorera toujours tout. »

Après s'être douché et changé, il allait quitter sa chambre quand il se souvint du bout de papier froissé qu'il empocha avec sa lettre. Si jamais sa mère ou sa grand-mère était tombée dessus, peut-être, sait-on jamais, aurait-elle reconnu le numéro.

Puis il dévala l'escalier, prit à peine le temps d'embrasser ses grands-parents et sa mère et partit en coup de vent tandis que Gram murmurait derrière lui d'un ton pénétré :

— Ah! l'amour...

L'aéroport n'était pas loin. Il fit un détour pour y

poster sa lettre et regagna l'avenue Van Buren par la 24e Rue. Il était à deux pas du motel.

Ellen était prête, tout en blanc, un châle de cachemire rose jeté sur les épaules.

Hugh s'excusa.

— Je n'ai pas pu faire plus vite. On devrait peut-être prévenir Houston qu'on sera en retard?

— Je viens de téléphoner, répondit Ellen, imperturbable. Skye vient tout juste de rentrer chez lui. Il a recommandé que nous ne nous pressions pas. (Elle l'appelait Skye et lui, sans doute, Ellen. Ça n'avait pas été long.) On y va?

La maison de Skye Houston s'étendait, longue et basse, à environ cinq cents mètres de la route, au milieu d'un jardin où poussaient des plantes du désert, saguaros, ocotillos, yuccas... Hugh remonta l'allée de gravier et gara sa voiture devant le perron. A peine Ellen avait-elle soulevé le heurtoir de bronze qu'Houston lui-même ouvrait la porte. Il adressa à Ellen un sourire chaleureux. La raideur gourmée de l'entrevue de midi était bien loin. En peignoir et sandales, il tenait un verre à la main.

— Excusez-moi de ne pas vous avoir attendus, dit-il, il faisait vraiment trop chaud.

Skye referma la porte derrière ses invités et appela :

— Marcia!

Une femme mexicaine d'un certain âge apparut, émergeant sans doute de la cuisine. Elle s'essuyait les mains sur son tablier blanc.

— Marcia, voici Miss Hamilton. Et le Dr Densmore. Marcia va vous montrer où vous changer, Ellen. Ma femme et ma fille sont en Europe, expliqua-t-il.

79

J'espère les rejoindre en juin si toutefois j'arrive à déblayer mon agenda.

Ellen suivit Marcia.

— Vous, Hugh, venez avec moi.

Il les appelait par leurs prénoms d'autorité. La chose ainsi paraissait toute naturelle.

— J'ai décidé de ne pas me baigner, dit Hugh.

Houston ne demanda aucune espèce d'explication.

— Alors, dit-il simplement, vous boirez bien quelque chose pendant que nous barboterons?

Il conduisit Hugh à travers le grand living-room jusqu'à une porte-fenêtre, donnant sur un patio. La table y était dressée. Au-delà s'étendait la nappe d'eau bleue et limpide de la piscine éclairée par le fond.

— Que voulez-vous boire? demanda Skye.

— Un whisky, répondit Hugh; mais léger, car j'aurai peut-être besoin d'avoir des idées claires. (Il tira le bout de papier de sa poche.) On m'a téléphoné de ce numéro cet après-midi. C'est mon grand-père qui a reçu la communication. Je n'ai pas encore rappelé. Je n'en avais pas le temps, si je voulais être ici à l'heure.

Skye lut le numéro.

— On verra ça plus tard, dit-il. Hack doit être rentré chez lui maintenant. Je l'appellerai tout à l'heure. Ne vous inquiétez pas.

Il fourra le papier dans sa poche et ôta son peignoir. Bronzé, athlétique, il portait un slip de bain noir.

Comme Ellen sortait à son tour par la porte-fenêtre, Hugh ajouta vivement :

— Je n'en ai pas parlé à Ellen.

Skye acquiesça d'un bref signe de tête.

Hugh les regarda se diriger tous les deux vers la piscine. L'un après l'autre, ils plongèrent avec un style parfait.

80

Hugh savoura lentement son whisky en s'avouant qu'il les enviait. Ils nageaient à longues brasses paresseuses d'un bout à l'autre du bassin.

Marcia allait et venait, allumant les bougies, apportant l'argenterie et la vaisselle de porcelaine.

Ellen et Skye finirent par sortir, luisants d'eau. Ellen s'enveloppa dans sa serviette, ôta son bonnet et fit bouffer ses cheveux avant de s'asseoir à côté de Hugh.

— C'était merveilleux. Vous auriez dû venir avec nous.

— Et comment, appuya Skye en remettant son peignoir. Vous prendrez bien un autre scotch, Hugh? Très léger.

Après avoir servi les verres, il annonça :

— Je vais mettre les steaks à cuire. (Il s'affaira un instant au-dessus du barbecue puis revint vers ses invités.) Le temps de nous rhabiller, et ils seront à point. Vous nous excusez quelques minutes, Hugh?

— Naturellement.

Il les regarda tous les deux disparaître dans la maison. Il se demandait quelle impression ça lui ferait d'habiter une maison comme celle-là. Avec Ellen. Il réprima un petit rire. Quand il pourrait s'offrir une maison pareille, Ellen marierait ses petites-filles.

Skye reparut le premier. Marcia, derrière lui, apportait la cafetière. Ils discutèrent tous deux devant le feu de charbon de bois jusqu'au retour d'Ellen. Cette fois, Skye lui sourit comme s'ils se connaissaient depuis des années.

— Bravo! Vous arrivez juste au bon moment. Maintenant, si vous voulez bien, nous pouvons nous mettre à table.

Le repas terminé, ils installèrent des chaises longues autour du feu. Au-dessus de leurs têtes, les étoiles scintillaient dans le ciel bleu-noir du désert.

A jeter aux chiens. 6

— Avant de rentrer, ce soir, j'ai eu une conversation avec le marshal, dit Skye.

— Il ne me croit pas, constata Hugh sans acrimonie.

— Disons qu'il conserve un doute raisonnable. C'est normal. Certains éléments plaident en votre faveur, d'autres inversement. Par exemple, il est excellent que vous soyez médecin au Centre hospitalier de l'université de Californie; mais il est fâcheux que vous soyez médecin, car un médecin sait pratiquer un avortement.

— Justement, s'emporta Hugh. Un médecin sait pratiquer un avortement, il ne le bousille pas.

— A moins qu'il ne soit pressé, ou qu'il n'opère avec des moyens de fortune. Ou qu'il n'agisse sous la contrainte.

— A moins que ce ne soit un nègre.

Le mot sonna plus âprement que Hugh ne l'aurait voulu.

— Le fait que vous soyez un nègre est plutôt un avantage, répliqua Skye. De nos jours, il faudrait être fou pour faire d'une affaire banale une « cause célèbre » [1] internationale.

— Ce que vous dites est vrai sans aucun doute, dans pas mal de villes, reconnut Hugh. Mais du moins accorderait-on à un médecin blanc le bénéfice du doute.

— Je suis sûr que Hack vous l'accorde, ce bénéfice du doute. Aussi sûr que je peux l'être s'agissant d'un homme que je connais passablement bien.

— Mais pour le convaincre, souligna Hugh, il faut mettre la main sur deux hommes. Celui qu'elle est venue retrouver et celui qui l'a fait avorter.

Skye réfléchit.

— Ça ne sera pas facile, observa-t-il.

_____

(1) En français dans le texte.

— Je sais. Mais si nous dénichons le premier, il nous livrera peut-être le second.

— Nous ne possédons aucun indice. Comment mettre la main dessus?

— Le père de cette fille aurait peut-être une idée, suggéra Ellen.

— D'après ce qu'il a dit au marshal, et le marshal le croit dur comme fer, il n'y comprend absolument rien. Il ne se doutait pas le moins du monde que sa fille connaissait un homme à Phœnix.

Ellen chercha une explication.

— Elle savait peut-être que son père lui défendrait de le voir. Peut-être qu'il le connaît sans savoir que c'est lui.

— C'est possible, reconnut Skye. Mais il était absolument persuadé qu'elle ne connaissait personne à Phœnix. D'après lui, elle n'y était pas revenue depuis qu'elle avait six ans.

— Certaines de ses camarades doivent savoir qui est cet homme. (Les yeux d'Ellen s'étaient soudain mis à briller.) Si nous commencions par aller voir ses amies? Entre filles, on se fait des confidences.

Tous trois étudièrent l'idée en silence. A la fin, Skye dit :

— Je crois que vous avez raison. Commençons comme ça. Je vais m'arranger pour envoyer Meg en avion à Indio demain matin. Elle est assez jeune pour parler d'égale à égale à des adolescentes; moi, je les intimiderais.

Il s'interrompit et ajouta avec un peu de regret :

— Dommage que nous ne leur soyons pas tombés dessus avant que leurs mères leur aient recommandé de se taire, de ne se mêler de rien.

— Même ainsi, elles parleront, affirma Ellen, très sûre d'elle.

— Quant à l'avortement, ne croyez pas que la police ait décidé de vous l'attribuer, Hugh. Sitôt connus les résultats de l'autopsie, le premier soin de Hackaberry, d'accord avec le commissaire prinicipal de Phœnix, a été d'ouvrir une enquête méthodique.

— Elle n'aboutira pas, dit Hugh.

Skye haussa les épaules.

— C'est possible. Mais un indicateur quelconque peut toujours leur fournir un renseignement.

— Ce que je me demande, dit Ellen pensivement, c'est comment cet homme a trouvé si vite un avorteur, après le refus de Hugh.

— Les policiers se le demandent aussi, observa Skye. Très probablement, le type avait déjà eu recours à ses services, ou bien il avait tout arrangé avant l'arrivée de la fille. En tout cas, il savait certainement où s'adresser.

— Mais pourquoi l'a-t-il tuée? s'écria Ellen. Pourquoi payer cet avorteur s'il avait l'intention de la tuer?

— Est-ce lui qui l'a tuée? s'interrogea Skye. Ou bien est-ce l'avorteur quand il a vu que l'opération tournait mal? Pour l'instant, c'est la question la plus importante aux yeux des policiers. Car ce qu'ils ont à trouver c'est le meurtrier. Ils sont prêts à admettre l'existence d'un homme qu'elle serait venue rejoindre, comme Hugh l'affirme, mais ils ne sont pas convaincus que cet homme l'a tuée. L'opération avait raté, elle allait mourir; logiquement, l'assassin, c'est l'avorteur.

— Mais enfin, explosa Hugh, comment doutent-ils de l'existence de cet homme? Ils ne croient tout de même pas que c'est de moi qu'elle était enceinte?

— Non, bien sûr. Mais, à leur avis, ce pourrait être de l'un des nombreux garçons de son collège qu'elle fréquentait. Ils estiment que c'est par pure coïncidence qu'elle est tombée sur un médecin pendant son voyage.

— Et le coup de téléphone anonyme, qu'est-ce qu'ils en font?

— Le marshal prend la chose au sérieux. Ringle et Venner supposent que quelqu'un qui n'était en rien mêlé au meurtre a reconnu le signalement; un garçon d'Indio de passage à Phœnix, ou un garçon de Phœnix qui l'avait déjà rencontrée ici. D'après eux, il n'aurait pas voulu dire son nom pour éviter d'être mêlé à une sale histoire. Il aurait eu peur. Après tout, c'est une réaction normale.

— Combien de temps me reste-t-il? demanda Hugh sans grand espoir.

— Vous savez, les policiers n'arrêtent pas les gens à la légère dans une affaire d'homicide. Ils veulent des preuves assez solides pour que le District Attorney puisse se présenter devant le tribunal et obtenir une inculpation. Il est vrai que, dans le cas présent, ils sont harcelés par l'opinion. Chaque fois qu'une jeune fille est violée et assassinée, les gens et les journaux donnent facilement dans l'hystérie.

— Ils ont déjà largement de quoi m'inculper.

— Pas de meurtre, Hugh. D'avortement, oui, peut-être. Mais c'est une matière dans laquelle la justice fait toujours preuve de beaucoup de prudence. Je ne suis pas inquiet, Hugh. Je suis sûr que Meg dénichera ce dont nous avons besoin à Indio. Nous avons un avantage, du seul fait que nous ne sommes pas officiels.

— Espérons-le. (Hugh regarda Ellen.) Eh bien, il ne nous reste plus qu'à rentrer.

— Oui. (Ellen se leva.) Un instant, je vais chercher mes affaires.

Quand elle se fut éloignée, Skye dit :

— Pendant que je m'habillais, j'ai appelé le numéro que vous m'avez donné. Hackaberry voulait vous voir, mais j'ai obtenu qu'il remette ça à demain matin. Dix heures. A son bureau.

— J'y serai.

— Je tâcherai d'y être aussi, mais je ne suis pas sûr d'arriver à temps. La suite de mon procès a été renvoyée à demain matin.

Les pas d'Ellen se rapprochaient et Skye baissa la voix.

— N'ayez pas peur d'eux, Hugh. Si vous êtes innocent, vous n'avez rien à craindre d'un interrogatoire. Mais s'ils vous posent des questions qui vous embêtent, dites que vous vous abstenez de répondre sur le conseil de votre avocat.

— Je suis innocent, répéta Hugh.

Ainsi, même son avocat avait des doutes! Ellen aussi probablement.

Elle le rejoignit sur le seuil. Skye prit congé d'eux en affirmant avec beaucoup de conviction :

— Nous avons toutes les raisons de croire que lorsque Meg rentrera d'Indio demain, vos ennuis ne seront plus qu'un mauvais souvenir.

Hugh et Ellen rentrèrent en voiture aux Palmiers. Il n'y avait pas grand-chose à ajouter. Tout avait été dit. Il l'accompagna jusqu'à la porte. Elle l'ouvrit et proposa :

— Vous entrez prendre le coup de l'étrier, Hugh? (Elle ne semblait pas y tenir beaucoup; son esprit était à mille lieues de là.)

— Pas ce soir. Je n'en peux plus.

— Vous avez sommeil.

— C'est drôle, mais oui. Et sans somnifère.

Il éprouva une envie presque irrésistible de la prendre dans ses bras et se détourna brusquement.

— Bonne nuit.

Se méprenant sur les raisons de ce soudain changement d'attitude, elle s'écria, comme malgré elle :

— Je peux certainement faire quelque chose, vous aider d'une façon ou d'une autre.

Il pivota d'un bloc.

— Vous m'avez déjà aidé à un point incroyable...

La sonnerie du téléphone dans le pavillon les fit sursauter. Ils se dévisagèrent avec inquiétude. Puis Ellen tourna les talons et se précipita à l'intérieur. Hugh lui emboîta le pas, ne s'arrêtant que pour fermer la porte derrière eux.

Elle avait décroché avant qu'il n'ait pu la rejoindre. Quand il vit l'expression de son visage, il lui arracha l'appareil des mains. Il entendit une voix d'homme, traînante « ... Une autre poule qui est au pieu avec lui... »

— Qui est à l'appareil?

— C'est vous, Doc? J'voudrais pas vous déranger dans votre petite partouse.

— Qui êtes-vous? Qu'est-ce que vous voulez?

La voix ne raillait plus. Elle était dure, méchante.

— Je vais vous le dire, ce que je veux. Vous feriez mieux de vous barrer de Phœnix avant qu'il vous arrive des ennuis, des ennuis sérieux. J'espère que je me fais bien comprendre. Ici on n'aime pas que les nègres mettent leurs sales pattes sur nos...

Hugh reposa violemment l'appareil et se dirigea vers la porte. Il n'était pas encore au milieu de la pièce qu'Ellen l'avait rattrapé.

— Non, Hugh, non.

Il essaya d'écarter les mains qui s'agrippaient à sa manche, mais Ellen l'enlaçait étroitement.

— Ne sortez pas! Il ne faut pas!

Il tenta de la repousser, mais elle tint bon. Pour la forcer à lâcher prise, il aurait fallu lui faire mal.

— Il n'est pas ici. Il est à l'autre bout du fil!

Elle avait raison, évidemment. Brusquement, la fureur qui aveuglait Hugh tomba, puis ses bras se refermèrent autour d'Ellen, et, un instant, il resta immobile, la serrant contre lui comme il en avait eu tellement envie.

Puis il la lâcha.

— Vous n'auriez pas dû m'arrêter.

Il ouvrit les portes coulissantes pour reprendre haleine en respirant l'air frais de la nuit. Il écarta les rideaux et contempla la pelouse, sous le clair de lune.

— Il a vu ma voiture arriver. Il ne savait pas que j'ai déménagé. Il a demandé le pavillon, pas moi. Il téléphonait de tout près d'ici. (Hugh en était sûr. Sa colère se réveillait.) J'aurais pu le pincer! Il appelait peut-être du motel même, du hall de la réception.

— C'est peu probable, mais on peut s'en assurer.

Ellen alla au téléphone, et le décrocha. La standardiste répondit.

— Ici Miss Hamilton, pavillon 126. Cette communication que vous m'avez passée à l'instant, pouvez-vous me dire si elle venait de l'hôtel ou du dehors?

Après avoir écouté la réponse, elle ajouta :

— Je me demandais. Ce n'était pas pour moi. C'était une erreur.

Elle remercia et raccrocha.

— L'appel venait de l'extérieur.

— Vous devriez demander à changer de pavillon, dit Hugh. Je n'aime pas du tout vous savoir seule dans celui-ci.

Elle réfléchit, puis secoua la tête.

— On ne peut pas obtenir ça sans révéler à un tas de gens que vous êtes impliqué dans cette affaire. S'il rappelait, je dirais tout simplement que vous avez quitté l'hôtel, que je suis la nouvelle occupante du pavillon.

Il ne pensait pas à un nouveau coup de téléphone, mais à des violences physiques. Cependant, si c'était bien la voiture blanche que guettait l'homme, il ne viendrait frapper à la porte d'Ellen que si la Cadillac était garée devant. Auquel cas, Hugh serait là.

— Il se demande sûrement pourquoi les journaux n'ont pas cité votre nom, dit Ellen. Ça doit le tracasser.

Hugh n'avait pas songé à cela.

— Oui. Il peut croire que la police m'a mis hors de cause. Cela expliquerait qu'il essaie de me faire quitter la ville, pour que j'aie l'air d'un coupable. (Hugh s'animait de plus en plus.) Il peut aussi craindre que je ne l'aie entr'aperçu l'autre nuit, que je ne sois capable de le reconnaître. Ellen, il rappellera, c'est certain! Et alors, il faudra que vous le reteniez au bout du fil jusqu'à ce que je lui aie mis la main dessus!

— Peut-être qu'il appelle de Scottsdale, ou de Tempe, objecta-t-elle.

— C'est la voiture, répéta Hugh. Il guettait la voiture. Il ne s'agit pas d'un hasard.

Il s'interrompit, puis ajouta :

— Il y a ce snack, dans le pâté de maisons d'à côté, qui ne ferme qu'à minuit. Et la pharmacie, juste en face du bureau de l'hôtel, reste ouverte toute la nuit. Cela fait deux endroits où il pouvait se mettre à l'affût. Demain, j'irai y jeter un coup d'œil.

— Vous feriez mieux de laisser aux policiers le soin d'interroger les gens.

— Les policiers! (Hugh haussa les épaules.) Tout de même, ajouta-t-il aussitôt, à votre avis, faut-il parler de ce coup de téléphone?

— Il est trop tard. Skye s'en chargera demain. Il est votre avocat, maintenant.

— On devrait peut-être l'appeler, non?

— Il sera bien assez tôt demain, trancha Ellen. Il ne pourrait rien faire ce soir.

— Bon. Eh bien, je vais m'en aller maintenant.

— Attendez, je vais jeter un coup d'œil dehors avant que vous ne partiez. Je n'aime pas que vous rouliez comme ça, tout seul, en pleine nuit.

— Et moi... je n'aime pas vous laisser seule ici.

Ils échangèrent un long regard puis sortirent tous les deux sur le perron. Hugh alla inspecter la rangée de voitures en stationnement. Elles étaient vides.

— Tout va bien, dit-il en revenant. Rentrez chez vous.

Il mourait d'envie de la prendre dans ses bras. Mais cette fois délibérément; pas par accident.

— J'attendrai que vous ayez démarré. (Elle eut un sourire un peu crispé.) Nous allons combiner nos mouvements. Quand le moteur tournera, je rentrerai en courant et je verrouillerai la porte.

Debout sur le seuil de la porte, elle le suivit des yeux jusqu'à ce qu'il eut orienté la voiture vers la sortie. Alors, il s'arrêta et attendit. Elle leva la main, et rentra dans le pavillon.

A vitesse réduite, Hugh fit le tour de deux ou trois pâtés de maisons. Il n'allait pas courir le risque de mener l'homme tout droit chez ses grands-parents. Une fois dans l'avenue Van Buren, il patrouilla lentement des deux côtés de l'entrée du motel. Le snack était fermé; dans la pharmacie, un employé somnolait derrière le comptoir. Mais Hugh découvrit, à deux rues de là, une station-service qu'il n'avait pas vue — ou pas remarquée — jusqu'alors. D'une voiture arrêtée en face, on pouvait surveiller l'entrée des Palmiers. Et tout près, au coin, une cabine téléphonique publique offrait son anonymat.

Le lendemain matin, il était en retard; de six minutes en descendant l'escalier du commissariat de Scottsdale, de sept en franchissant la porte du bureau du marshal.

Il était attendu. Le marshal tripotait ses presse-papiers,

Ringle sirotait une bouteille de Coca-Cola, minuscule dans son énorme poing; Venner, en chemise écossaise rose et jaune verdâtre, faisait les cent pas comme s'il s'apprêtait à partir d'un moment à l'autre, avec un mandat d'amener dans sa poche.

— Excusez-moi, dit Hugh à Hackaberry. Il y a des encombrements épouvantables, ce matin.

— Aucune importance, fit Hackaberry avec un large geste de la main. Je ne suis pas en avance moi-même. Asseyez-vous.

Hugh prit une chaise, la plaça près du bureau du marshal et s'assit.

— On n'a pas réussi à vous joindre hier, docteur Densmore.

Hackaberry avait prit un ton détaché. Hugh entra dans le jeu.

— C'est ce que j'ai cru comprendre. Je ne suis presque pas rentré de la journée.

S'ils voulaient savoir où il était allé, il faudrait qu'ils le lui demandent!

— Vous connaissez les résultats de l'autopsie?

— J'ai lu les journaux. Et je sais ce qu'on a dit à maître Houston.

— Ça vous a surpris? grogna Ringle.

Hugh lui lança un bref coup d'œil, puis reporta son regard sur le marshal.

— Je ne comprends pas.

— On se demandait si vous aviez été surpris d'apprendre qu'elle avait subi un avortement, appuya Venner.

Hugh ne releva pas l'insinuation. Il continua à s'adresser au marshal.

— J'espérais que l'autopsie prouverait le contraire.

Peut-être eût-il été plus sage de s'en tenir là. Mais il ne put s'empêcher d'ajouter :

— A la fois comme médecin et personnellement, j'aurais voulu que cela lui fût épargné.

Brutalement, Ringle demanda :

— Cet avortement, c'est vous qui l'avez fait?

— Non, ce n'est pas moi. (La dénégation sonna, vigoureuse, sincère.)

— Mais vous n'avez pas été surpris, insista Ringle.

— Non, je n'ai pas été surpris. Ce qui m'a surpris, c'est que sa mort ait été causée par un coup et non par l'opération.

— Pourquoi cela vous a-t-il surpris? interrogea le marshal soudain intéressé.

— Parce que, s'il était décidé à la tuer, pourquoi l'homme l'aurait-il d'abord amenée à un avorteur?

— Vous ne croyez pas que c'est l'avorteur qui l'a tuée?

— Non, je ne crois pas, répliqua-t-il. A mon avis, elle a été tuée par celui de qui elle était enceinte, et qui lui a trouvé un avorteur.

— L'homme-mystère, ironisa Venner.

Hugh détacha les mots :

— L'homme qu'elle est venue rejoindre. L'homme qui l'a amenée en voiture à mon motel, vendredi. L'homme qui a donné un coup de téléphone à la police. (Hugh sortit son portefeuille et en tira le bout de papier qu'il posa devant le marshal.) L'homme qui a glissé cela sous ma porte dimanche soir. L'homme qui a téléphoné au motel la nuit dernière pour m'inviter à quitter la ville.

Le marshall lut le billet et le passa à Ringle. L'inspecteur s'en saisit et le parcourut d'un œil indifférent. Venner traversa le bureau pour en prendre connaissance à son tour. Il ricana.

— Vous ne savez pas qui c'est? demanda le marshal à Hugh en tendant la main vers Venner pour récupérer le papier.

— Non, bien sûr.

— On dirait qu'il vous connaît, lui.

— Il connaît ma voiture. Il connaît mon nom. Il connaît le motel où j'étais descendu.

— Je croyais que vous l'aviez quitté, ce motel, observa Ringle.

— Il ne le sait pas, lui. Il a donné au standard le numéro du pavillon, pas mon nom. (Maintenant, il fallait aller jusqu'au bout de ses explications.) Je me trouvais là par hasard quand il a téléphoné. C'est une amie de ma sœur qui occupe mon ancien pavillon et je l'y raccompagnais après avoir dîné avec elle chez Skye Houston. (Il avait fait exprès de citer le nom de l'avocat pour rappeler qu'il n'était plus sans appui.) Sans aucun doute, l'homme a vu ma voiture arriver et a cru que j'habitais encore au motel.

Pendant qu'il s'expliquait, le téléphone avait sonné. Le marshal avait décroché et prononcé quelques paroles qu'il n'avait pas entendues.

— Nous reviendrons sur ce coup de téléphone et vous nous donnerez tous les détails, dit Hackaberry. Mais pour l'instant, nous devons passer à autre chose.

L'un des agents était déjà sur le seuil de la porte. Il accompagnait un homme : petit, le visage tanné, les cheveux clairsemés plaqués sur le crâne, le regard éteint, avec un pantalon fripé et des souliers poussiéreux.

Le marshal se tourna vers le nouveau venu :

— Je regrette de devoir vous ennuyer dans des circonstances pareilles, mais je ne vous retiendrai pas longtemps. Voudriez-vous vous lever, docteur?

Hugh se mit debout, sans hâte mais sans mauvaise grâce et posa sur l'inconnu un regard froid.

Le marshal demandait :

— Connaissez-vous cet homme?

Crumb jeta à peine un coup d'œil sur Hugh.

— Non.

— Vous ne l'aviez jamais vu?

Cette fois, l'homme dévisagea Hugh comme si, pour lui, tous les noirs se ressemblaient et comme s'il lui fallait découvrir une marque de naissance pour distinguer celui-là des autres.

— Non, jamais.

— Vous en êtes sûr?

— Si je l'avais déjà vu, je vous le dirais.

Le marshal ne savait trop comment tourner sa phrase. Il demanda, en cherchant ses mots :

— Vous ne l'avez jamais vu en compagnie de votre fille?

— Où voulez-vous en venir? (La voix de Crumb se fit râpeuse.) Qu'est-ce que vous essayez d'insinuer sur ma fille? Elle fréquentait pas les négros!

— Elle est venue à Phœnix avec cet homme! déclara le marshal.

Personne encore n'avait révélé ce détail à Crumb. Sous le choc, son visage se marbra de rouge. Puis il se précipita sur Hugh comme un furieux.

— Espèce de salaud! Assassin! Tu as tué ma petite fille!

L'agent le retint par le bras.

— Je ne l'ai pas tuée, répliqua Hugh, apitoyé malgré lui. J'ai seulement essayé de l'aider. Elle en avait grand besoin.

Crumb ne l'écoutait pas. Il se débattait sous la poigne de l'agent en hurlant des insultes.

Le marshal passa devant Hugh en murmurant « vous pouvez vous asseoir » et vint prendre l'autre bras de Crumb. Avec l'aide de l'agent, il le fit sortir du bureau. Venner jetait des coups d'œil aigus dans tous les sens. Ringle rongeait flegmatiquement l'ongle de son pouce.

Hugh s'assit et alluma une cigarette. Ses mains tremblaient.

Le marshal rentra, regagna son bureau, tira la dernière cigarette d'un paquet, fit une boulette de l'emballage et voulut la lancer dans la corbeille à papiers. Elle atterrit sur le plancher.

— C'était Albert Crumb, dit-il. Son père.

Il aurait pu se dispenser de le spécifier. Sans doute était-ce à l'intention du magnétophone.

Venner, nonchalamment, revint s'asseoir.

— Il n'a pas eu l'air d'aimer ça qu'un nègre ait transporté sa fille jusqu'à Phœnix, observa-t-il.

Le marshal se tourna vers lui :

— Je vous répète pour la dernière fois que les questions de race n'interviendront pas dans cette affaire. Je ne veux pas que les types du Klu Klux Klan, ni les belles âmes professionnelles viennent y fourrer leur nez.

Venner lança un coup d'œil mauvais à Hugh, puis répondit avec une désinvolture affectée :

— Ça m'était encore sorti de la tête.

— Ah oui? reprit le marshal agressif. Eh bien, tâchez de vous en souvenir. Je ne veux pas qu'on exploite cette histoire à titre publicitaire dans un sens ou dans l'autre. Compris? (Il écrasa son mégot.) Maintenant, revenons à ce coup de téléphone.

Hugh fit un compte rendu complet, sans omettre de citer les derniers mots de son correspondant.

— Alors, j'ai raccroché, dit-il.

Venner se tenait en équilibre, le dossier de sa chaise appuyé contre le mur.

— Vous n'aviez pas envie d'en entendre plus long, hein?

— Non, répliqua Hugh sèchement, puis tourné vers le marshal, il poursuivit : J'ai cru que j'avais une chance de le pincer sur le fait. Il n'y a pas tant d'endroits auprès du motel d'où il ait pu guetter mon arrivée à portée d'un téléphone.

Ringle sortit un carnet.

— Quels endroits?

Hugh les énuméra. Ringle en prit note et rangea son carnet.

— Pourquoi ne nous avez-vous pas alertés dès hier soir?

— Je n'y ai pensé que trop tard. Car il n'a pas dû s'attarder dans le coin, soyez tranquille.

— On a des voitures de patrouille, dit Ringle. Tout comme vous autres à Los Angeles. Elles auraient pu être sur place très vite.

— Je n'y ai pas songé, avoua Hugh.

— En tout cas, conclut le marshal, si on vous embête encore, prévenez-nous immédiatement. Le lendemain, ça ne rime plus à grand-chose.

— D'accord.

— Nous enverrons une voiture de patrouille dans le quartier ce soir.

Le marshal se tourna vers les inspecteurs :

— Pas d'autres questions?

— Si, dit Venner en se passant la langue sur les lèvres. Si vous êtes aussi innocent que vous voulez bien le dire, pourquoi avez-vous pris un « maître du barreau » comme Skye Houston pour vous défendre?

Hugh ne put contenir sa colère :

— Je l'ai pris dans l'espoir d'être traité équitablement. Pour ne pas servir de bouc émissaire dans une histoire de meurtre dont je ne connais rien, simplement parce que vous m'avez sous la main.

Venner dit d'un ton cassant :

— Faudrait pas la ramener avec moi, hein, mal blanchi. Ça pourrait mal tourner... Chatouilleux, le

96

négro, hein? ajouta-t-il insolemment à l'intention de Hackaberry.

Le marshal faillit s'étrangler.

— Attention, Venner!

— Excusez-moi, ricana Venner. Je suis chatouilleux moi aussi et j'aime pas que des négros mettent ma conscience professionnelle en doute.

Il sortit en claquant la porte.

— Vous en faites pas, Hack, intervint Ringle. Je le tiendrai en main. Mais j'ai besoin de lui pour l'enquête.

La marshal se tourna vers Hugh.

— Personne ne servira de bouc émissaire, dit-il, la voix dure. Mais personne n'aura trempé dans ce crime sans le payer cher... Maintenant, je vous prierai de ne pas quitter Phœnix.

— J'ai déjà écrit à l'hôpital, répondit Hugh sourdement.

— Parfait. Vous aurez de mes nouvelles.

Ce n'était pas une menace; simplement un congé provisoire. Hugh quitta le bureau, avec la sensation que des regards hostiles étaient rivés sur son dos.

Dans le poste de garde, Venner se tenait appuyé au mur à côté du jeune agent qui avait escorté Albert Crumb peu auparavant. Il lança sur Hugh un coup d'œil haineux et marmonna quelque chose à l'oreille de son voisin. Le jeune homme se mit à rire et Venner, enchanté de son succès, s'esclaffa.

Hugh avait déjà atteint la porte. Il sortit dans la chaleur accablante de midi. Il tremblait de rage; pour une fois, le soleil lui fit du bien. Il regagna sa voiture et démarra.

Il arriva au motel. Nul ne répondit quand il frappa à la porte d'Ellen. Il fit le tour du pavillon et la vit, de l'autre côté de la pelouse, qui sortait juste de la piscine.

En venant à sa rencontre, elle ôta son bonnet de bain et secoua ses longs cheveux noirs.

— Vous n'aviez pas besoin de rentrer, lui dit-il quand elle l'eut rejoint. Je ne suis venu que pour pouvoir téléphoner en paix.

— Allez-y pendant que je m'habille.

— Je voulais aussi vous inviter à déjeuner.

Il sortit son portefeuille, montra un billet.

— Vous ne me devez pas tant que ça, protesta-t-elle. Je serai ravie de déjeuner avec vous, mais pourquoi pas ici? C'est tellement plus agréable qu'un restaurant.

Elle disparut dans la salle de bains. Hugh n'avait pas encore obtenu la communication avec le cabinet d'Edward qu'il entendait déjà couler la douche.

Edward était parti déjeuner. Hugh laissa son nom, mais pas de numéro. Il rappellerait. Edward avait trop à faire pour qu'on l'oblige à donner des coups de téléphone. Avant qu'il ait pu trouver dans l'annuaire le numéro de Houston, Ellen reparut, fraîche comme une fleur dans sa robe d'été.

— J'ai envie de passer tout de suite notre commande, dit-elle. Après, vous pourrez téléphoner tant que vous voudrez. Regardez donc le menu, dans le tiroir du bureau.

— J'aimerais bien quelque chose de froid. Cela dit, je m'en remets à vous.

Le journal du matin traînait sur la table. Pendant qu'elle téléphonait, Hugh relut l'article de la première page. Le rédacteur n'affirmait pas que la police était inefficace; il se contentait de l'insinuer, en exprimant les plus grandes craintes pour la sécurité des jeunes filles de Phœnix. Hugh repoussa le journal.

Ellen avait raccroché puis s'était assise, avait ouvert un sous-main et repris le fil d'une lettre déjà commencée. Hugh appela le bureau de Houston. Celle des secrétaires qui n'était pas Meg lui répondit que Houston était sorti. Mais elle ajouta :

— J'ai essayé de vous joindre, docteur Densmore. M. Houston voudrait que vous veniez chez lui, avec Miss Hamilton, à huit heures et demie ce soir. Est-ce que cela vous convient?

— Oui, c'est entendu, dit Hugh, après avoir consulté Ellen.

A huit heures et demie. C'est-à-dire que Meg serait rentrée d'Indio. Les nerfs de Hugh commençaient à se tendre. Quand on frappa à la porte, il sursauta. Ne se sentirait-il plus jamais tranquille, tranquille comme avant Iris?

Ellen ouvrit la porte à un garçon en veste blanche qui apportait leur déjeuner sur un plateau.

C'était agréable de prendre son repas ici avec Ellen. Hugh avait un peu l'impression qu'ils étaient chez eux, devant leur pelouse bien tondue encadrant la piscine.

Le téléphone sonna. Ils tressaillirent tous les deux. Ellen alla répondre.

— Pour vous, dit-elle.

Et tout de suite, elle ajouta :

— Je crois que c'est votre grand-père.

La voix profonde et douce déclara :

— Désolé de te déranger, Hugh, mais il vient d'arriver un télégramme pour toi. J'ai eu peur que ce soit très urgent.

— Merci, Gramps, répondit Hugh. J'arrive dans un petit moment.

— Mauvaises nouvelles? s'enquit Ellen.

— Je ne pense pas. Un télégramme. De l'Université, probablement. J'ai envoyé une lettre express au doyen, hier. On verra bien. En tout cas, commençons par nous mettre à table...

Elle versa du thé dans leurs deux verres. Elle avait réussi tout au long du repas à le faire parler de choses et d'autres, comme si aucune menace ne pesait sur lui. Maintenant qu'il allait partir, elle aborda franchement le sujet qui la préoccupait.

— Vous avez vu les policiers, ce matin?

— Comment le savez-vous?

Il n'y avait qu'une explication : Skye Houston le lui avait dit.

— Vous n'avez cette tête-là que quand vous avez affronté Ringle et Venner, répondit-elle.

— Oui, ils étaient là, reconnut-il. Avec le marshal. Et aussi le père d'Iris.

— Et alors?

— Ça n'a pas été drôle. Le père d'Iris ne m'a pas reconnu, mais ils lui ont dit que j'avais amené sa fille à Phœnix. Alors il m'a traité d'assassin.

— Je vois... Avez-vous parlé aux policiers du coup de téléphone?

— Oui. Ils vont envoyer une voiture de patrouille dans le quartier.

— Parfait.

— Au contraire. Cela réduit à peu près à rien mes chances de trouver le type. Il se tiendra à carreaux tant que la voiture rôdera par ici.

— Cela vous épargnera peut-être un mauvais coup.

— Vous savez, j'accepterais volontiers ce risque si cela m'évitait d'être jugé pour avortement et meurtre.

Il se dirigea vers la porte. Il n'avait pourtant nulle envie de quitter cette oasis, de quitter Ellen. Mais il lui restait encore beaucoup à faire pendant qu'il était encore libre...

— Je vous rappellerai, dit-il.

Il arrêta la voiture devant la maison de Jefferson Street et grimpa les marches du perron sur la galerie. Venner était installé dans le fauteuil à bascule. Hugh se pétrifia.

— Qu'est-ce que vous faites ici? demanda-t-il.

— Je vous attendais, *docteur* Densmore, dit le policier, ironique.

— Que voulez-vous?

— Votre trousse médicale.

Sans laisser à Hugh le temps de s'indigner, Venner tira de sa poche-revolver un feuillet de papier.

— Voilà le mandat. Signé par le marshal. Tout ce qu'il y a de régulier.

Hugh examina le papier. Parfaitement régulier en effet. Il le rendit à Venner. Puis, sous les yeux fureteurs de l'inspecteur, il sortit la clef de sa cachette habituelle sous les rosiers grimpants. Il faudrait maintenant la changer d'emplacement, songea-t-il. Rapidement, il ouvrit la porte. Il était bien décidé à liquider l'importun avant le retour de ses grands-parents.

Venner fit le tour du salon, l'air faussement admiratif.

— Un peu chouette, comme intérieur, déclara-t-il.

— Je vais chercher ma trousse, dit Hugh sèchement.

— Ça vous ferait rien que je vous accompagne? Je voudrais pas que vous retiriez, je ne sais pas moi, un bistouri ou un forceps.

— Si j'avais eu un motif quelconque de retirer un instrument de ma trousse, rétorqua Hugh, je n'aurais probablement pas attendu deux jours.

Il monta l'escalier, exaspéré de sentir Venner derrière lui.

L'enveloppe jaune de la Western Union était bien en évidence au milieu du bureau de sa chambre. Hugh l'y laissa. Tant pis si Venner la voyait. Hugh ouvrit la porte du placard et se baissa pour ramasser sa petite sacoche noire.

— Mes instruments sont stérilisés après chaque usage, fit-il observer... Même si je m'en étais servi, rien ne le prouverait.

— Je ne connais rien à tout ça, moi, dit Venner. Les gars du labo savent découvrir un tas de trucs qui ne se voient pas. (Il tendit la main. A contrecœur, Hugh lui remit sa trousse.) Maintenant, signez-moi le reçu, reprit Venner.

Il glissa la trousse sous son bras et tira un autre papier de sa poche.

— Signez sur la ligne pointillée.

Tandis que Hugh prenait son stylo sur le bureau, il enchaîna :

— On voudrait pas que votre étoile du barreau puisse raconter qu'on a fait quoi que ce soit d'illégal.

Sans un mot, Hugh lui rendit le papier signé. Il se dirigea vers la porte pour sortir, mais Venner ne bougea pas.

— Vous oubliez votre télégramme, dit-il.

Comme Hugh ne réagissait pas, il balança négligemment la trousse du bout des doigts tandis que de l'autre main il s'emparait de l'enveloppe. S'il avait le culot de la décacheter, Hugh savait qu'il perdrait le contrôle de lui-même.

— Vous ne l'avez même pas ouvert. Ça ne vous intéresse pas de savoir de qui c'est? (Venner examinait l'enveloppe comme s'il cherchait à lire à travers.) Faut que vous soyez un type drôlement important pour pas même ouvrir vos télégrammes.

Hugh s'enferma dans son mutisme.

— Attrapez, dit tout à coup Venner.

Il lança l'enveloppe vers Hugh, mais trop court. Elle tomba sur le tapis, entre eux deux.

Lentement, Hugh se baissa pour la ramasser. Aussitôt, Venner s'avança; son pied se posa lourdement sur le sol, effleurant la main de Hugh. Mais déjà celui-ci se redressait, l'enveloppe à la main. Il laissa passer le policier devant lui et le suivit dans l'escalier.

Dès que la voiture de Venner eut disparu, il ferma la maison, remit la clef en place et monta en voiture. Il n'avait même pas pris le temps d'ouvrir son télégramme.

Sur North Central Avenue, il aperçut un vaste « drive in » et s'arrêta. A cette heure-là, il n'y avait pas trop de monde. Sa commande passée, il décacheta l'enveloppe. Le câble était bien du doyen. Le texte était bref mais explicite. Le doyen avait peine à croire que Hugh ait pu être victime d'un pareil malentendu, s'offrait à lui venir en aide de toutes les façons possibles, et lui promettait d'arranger les choses à l'hôpital pour que Hugh puisse prolonger son absence aussi longtemps que nécessaire.

Hugh se sentit touché. C'était bon de savoir qu'un ami lui faisait confiance. Il vida son coca-cola, paya et remit son moteur en marche. Le cabinet d'Edward n'était qu'à quelques rues de là. A cette heure-ci, trois heures et demie environ, Edward s'y trouvait certainement et peut-être pourrait-il le voir un moment.

Le cabinet d'Edward se trouvait dans un bâtiment de stuc jaune à un étage, qui abritait deux médecins, un dentiste, un architecte et l'officine d'un pharmacien. Tous noirs. Les locataires blancs avaient vidé les lieux quand le pionnier, l'architecte, avait emménagé.

Hugh laissa sa voiture dans le parc de stationnement, entra par la porte de derrière. Les bureaux occupés par Edward donnaient sur la façade. Plusieurs clients attendaient en feuilletant des magazines. Hugh avait fait la connaissance de la jeune infirmière-secrétaire lors de la réception du mariage. Il se présenta à elle et dit :

— Si le docteur pouvait me recevoir une demi-minute, j'attendrais.

— Je vais voir, docteur Densmore.

Les malades ne trouveraient rien à redire à un bref entretien entre médecins.

La jeune fille revint presque aussitôt.

— Si vous voulez bien entrer dans son bureau, il vous recevra dès qu'il pourra. La porte au fond.

Après quelques minutes d'attente, Edward le rejoignit.

— Excuse-moi de te déranger en plein boulot, dit Hugh, mais je n'ai pas pu t'avoir au téléphone. As-tu réussi à obtenir des noms?

— Deux seulement, et j'ai bien parlé à une douzaine de personnes au moins.

Edward alluma une cigarette, sortit une petite clef de sa poche et ouvrit l'un des tiroirs de son bureau dont il sortit une feuille d'ordonnance qu'il tendit à Hugh d'un geste rapide.

— Pour le premier, j'ai tout juste un numéro de téléphone. Un médecin, une infirmière et un interne m'en avaient touché un mot, mais en affirmant ne pas le connaître; ils en avaient entendu parler, c'était tout. Et puis, ça m'était difficile d'insister. J'ai l'impression qu'ils étaient prêts à croire que je cherchais ces tuyaux pour moi. Enfin, j'espère que je pourrai leur dire la vérité plus tard.

— Je suis désolé...

— Je t'en prie, vieux. (La voix d'Edward se fit plus sourde.) Le second, c'est le vieux Doc Jopher. Il a été radié il y a des années pour faute professionnelle grave. Il a raté une opération, étant saoul. Tout naturellement, il en est venu à exercer illégalement. Il a été condamné deux fois pour avortement, mais il a repris sa petite industrie dès sa sortie de prison.

Edward avait presque l'air de s'excuser en ajoutant :

— Je ne pense pas que ce soit ton homme. La police le tient à l'œil. Quand il y a une histoire d'avortement, il est toujours le premier interrogé.

— Où habite-t-il? demanda Hugh.

— Dans une petite maison de campagne, au nord de Scottsdale.

— De Scottsdale? (Hugh dressa l'oreille.)

— Oui, de Scottsdale. (Edward faisait à son tour le rapprochement.) Tu trouveras sur mon papier les indications pour y aller. Il n'a pas le téléphone. Mais on le trouve facilement, paraît-il, car il ne s'absente guère...

— Bien. Je ne veux pas te retenir plus longtemps. Je vais m'en occuper.

— Ne sois pas trop déçu si ça ne te mène à rien... Entre-temps, je tâcherai d'obtenir d'autres renseignements.

En se retrouvant dans la voiture, accablé par la chaleur de l'après-midi, Hugh prit le temps de relire les indications portées sur la feuille d'ordonnance.

Doc Jopher méritait d'être considéré comme le premier suspect mais, si les policiers l'avaient déjà interrogé, Hugh ne pouvait pas conserver l'ombre d'un espoir de l'amener à avouer. Il commencerait donc par le numéro de téléphone. Mais d'où appeler? Ni de chez ses grands-parents, ni de chez sa sœur. Pas non plus de chez Ellen qu'il voulait tenir en dehors de ses démarches tant qu'elles n'auraient pas abouti.

Le mieux était de trouver une cabine publique isolée. Il en repéra une dans l'un des nouveaux centres commerciaux du nord-est de la ville, gara sa voiture en épi près d'un bazar et alla s'enfermer dans le réduit vitré où régnait une chaleur de four. A peine le numéro formé, son correspondant lui répondit.

— Monsieur Ess à l'appareil.

C'était une voix d'homme qui semblait filtrée par un écran cotonneux.

Hugh n'avait pas même à se forcer pour haleter en parlant, comme devaient sans doute le faire la plupart de ceux qui étaient contraints d'avoir affaire au personnage.

— Un ami m'a donné votre numéro, dit Hugh.

— Parlez plus fort, ordonna « M. Ess ». Je ne vous entends pas.

— Un ami m'a donné votre numéro, répéta Hugh. Je suis embêté, vous comprenez. J'aurais besoin de votre aide. J'ai cent dollars.

— Je prends cinq cents dollars, interrompit la voix.

Impossible qu'Iris ou un ami d'Iris pût disposer d'une somme pareille.

— Je travaille. Je pourrais vous donner cent dollars tout de suite et...

De nouveau on le coupa. Calmement.

— Cinq cents dollars ou rien. Rappelez-moi.

Aussitôt, la communication fut coupée.

Hugh, pensif, raccrocha à son tour. Il tira son mouchoir et sortit de la cabine en épongeant son front inondé de sueur. M. Ess n'avait peut-être pas été le bourreau d'Iris. Si par miracle, son ami avait pu se procurer cinq cents dollars, jamais il ne les aurait gaspillés sur une fille dont il ne songeait qu'à se débarrasser.

Restait Doc Jopher. Mais pas question d'aller le trouver en plein jour. Peut-être ne le surveillait-on pas d'aussi près qu'il le craignait. En tout cas, il attendrait la nuit pour se risquer à rendre visite à un avorteur deux fois condamné. Hugh se remit au volant et démarra. Le vent de la course était d'une fraîcheur inattendue après la suffocante température de la cabine.

CHAPITRE VI

Parfumée, vêtue de soie, Ellen semblait plus inaccessible que jamais. Pour une fois ponctuel, Hugh avait frappé à sa porte à six heures et demie précises.

— Si nous allions dîner au restaurant de l'aéroport? proposa-t-il. On y mange bien, et on n'y est pas bousculé.

C'était aussi le premier bon restaurant de Phœnix à passer outre à la ségrégation.

— Servez-vous donc quelque chose à boire pendant que je finis de me préparer, dit-elle.

— Pas ce soir. Vous êtes mon invitée, nous prendrons un cocktail au restaurant.

Son sac, ses gants, un cardigan de cachemire étaient là, tout prêts. Elle s'assura qu'elle avait bien sa clef et ferma le climatiseur. Ils allaient sortir, Hugh tenait déjà la porte ouverte, quand le téléphone sonna. Ni l'un ni l'autre ne bougea. Le timbre résonnait, insistant, obstiné.

Ellen posa la main sur le bras de Hugh.

— Ne répondez pas.

Il hésitait. L'écho de la sonnerie lui vibrait encore aux oreilles. Quand elle reprit, il se décida.

— Il le faut.

Ellen poussa un soupir désespéré, mais elle rentra avec lui.

Frémissant d'excitation, il décrocha. Si par hasard il s'agissait du coup de fil espéré? Il faisait jour encore. En admettant que l'homme l'appelât d'un des endroits qu'il avait repérés, il ne lui échapperait pas facilement.

— Allô?

— Docteur Densmore?

Ce n'était pas la voix qu'il espérait.

— Oui.

— Le marshal Hackaberry voudrait que vous passiez à son bureau.

Cette fois Hugh protesta :

— Je partais dîner. On ne peut pas remettre ça à plus tard?

— Il vaudrait mieux que vous passiez tout de suite. Le marshal vous attend.

— Très bien, j'arrive, dit Hugh mal résigné.

Il raccrocha. La déception lui mettait un goût amer dans la bouche.

— Le marshal me demande.

— Il ne faut pas vous faire du mauvais sang, dit Ellen.

— Je ne me fais pas de mauvais sang, prétendit-il, mais j'ai faim. Pourquoi choisit-il toujours l'heure du dîner, bon sang?

— Peut-être parce qu'il ne peut pas vous toucher plus tôt. En tout cas, remarquez qu'il n'envoie pas quelqu'un vous chercher.

C'était vraiment se contenter de peu, songea Hugh. Il exhala un soupir.

— Enfin, ne m'attendez surtout pas pour dîner, dit-il. Si je ne suis pas de retour à temps pour vous emmener chez Skye...

Elle l'interrompit :

— Seigneur, Hugh, n'avez-vous pas encore compris? Je ne supporte pas qu'on me laisse en arrière.

Il voulut protester. Mais elle passa devant lui, sortit, et s'installa dans la voiture. Il n'eut plus qu'à refermer la porte derrière elle.

— Je ne veux pas qu'ils vous voient, affirma-t-il. Je ne veux pas qu'ils sachent même que vous existez.

Elle attendit qu'il fût au volant pour répondre.

— Trop tard. Ils le savent déjà. C'est la deuxième fois qu'ils vous trouvent chez moi. Du reste, qu'ils disent ce qu'ils voudront, je n'ai pas peur d'eux. Je suis Ellen Hamilton, et ça, ils n'y peuvent rien.

Hugh n'insista pas. Elle ne connaissait pas Venner. Jamais, bien sûr, elle n'avait dû affronter une brute de ce genre. Comme ils approchaient du commissariat de Scottsdale, Hugh proposa :

— Laissez-moi donc ici et allez manger quelque chose chez Victor. Rien que pour passer le temps.

— Non, répliqua-t-elle comme si elle avait tenu sa réponse toute prête depuis qu'ils avaient quitté le motel. Nous devions, vous et moi, dîner ensemble et nous le ferons dès que le marshal en aura terminé avec vous. J'entrerai avec vous, ne serait-ce que pour lui faire comprendre.

Hugh, sans discuter, l'aida à sortir de la voiture et à descendre le petit escalier qui conduisait au commissariat. Les deux agents, dans le poste de garde, ne dissimulèrent pas leur étonnement à l'entrée d'Ellen. Hugh, comme s'il venait là pour la première fois, s'arrêta devant l'un d'eux et lui dit :

— Le marshal Hackaberry m'a convoqué.

— Il va vous recevoir. (L'agent dévorait Ellen des yeux; mais pas d'une manière offensante; plutôt avec une curiosité impersonnelle.) Vous pouvez attendre ici, mademoiselle, ajouta-t-il.

— Merci beaucoup, dit-elle. (Hugh l'escorta jusqu'à une chaise dans un coin.) J'espère que ce ne sera pas long.

Elle sourit comme s'ils savaient, elle et lui, que tout cela n'était qu'une bagatelle.

Hackaberry n'était pas seul. Ringle était assis sur une chaise tout contre le bureau; il soulignait de son index épais un passage du rapport.

A l'entrée de Hugh, les deux hommes se turent brusquement et le considérèrent en silence. Hugh s'immobilisa sur le seuil, hésitant, déconcerté par le changement d'attitude du marshal.

Le marshal repoussa son fauteuil.

— Vous êtes venu avec votre voiture?

— Oui, pourquoi? (Hugh ne comprenait pas.)

— Voudriez-vous nous montrer où vous l'avez laissée?

Le marshal s'avança vers Hugh à grands pas et, de la tête, lui fit signe de l'accompagner. Ringle suivit sans se presser.

— Elle est juste devant l'Hôtel de Ville, dit Hugh éberlué.

Il ne regarda pas Ellen lorsque, avec les deux policiers, il traversa le poste de garde. Ils sortirent tous les trois, montèrent l'escalier, s'arrêtèrent à côté de la Cadillac. L'un des agents, celui qui s'était occupé de M. Crumb, avait emboîté le pas à Ringle.

— Vous voulez les clefs? proposa Hugh.

Personne ne lui répondit. Ringle s'était baissé pour examiner le pare-chocs. Hackaberry se tenait tout à côté de lui. L'agent était venu pour surveiller Hugh. Oh, pas ouvertement, bien sûr, il restait à l'écart, mais quand Hugh se déplaçait, il se déplaçait aussi. Et son pouce palpait distraitement l'étui à revolver en cuir qui pendait à sa hanche.

Ringle, avec une surprenante souplesse, s'accroupit à côté du pare-chocs avant gauche. Il plongea la main dessous et leva les yeux vers le marshal :

— Il y a quelque chose.

Hugh se précipita, toujours suivi de son ange gardien.

— C'est absurde, dit-il, il ne peut rien y avoir.

Le marshal s'était baissé et plongeait à son tour la main sous le pare-chocs. Il se releva.

— Voyons ça, dit-il à Ringle.

Il jeta un coup d'œil à Hugh et poussa un soupir. Puis sans mot dire, il lui tourna le dos pour regarder faire Ringle, qui, à genoux, s'affairait à dégager quelque chose qui était fixé sous le pare-chocs.

Hugh les considérait, comme fasciné, n'en croyant pas ses yeux. Quand donc avait-on pu manigancer cette mise en scène? La nuit précédente? Ou dès le dimanche soir? Le meurtrier avait-il profité de son sommeil pour préfabriquer une preuve de sa culpabilité en se réservant de la révéler au bon moment?

Ringle se releva en soufflant bruyamment. Ce qu'il tenait était enveloppé dans un chiffon de laine graisseux, comme il en traîne dans tous les garages; le tout, ligoté avec du fil de cuivre et du chatterton noir. Les deux bouts pendillaient. Ringle dénoua le fil de cuivre et détortilla le chatterton. Sans déplier le chiffon, il en fit glisser le contenu dans sa paume ouverte. C'était une petite clef anglaise, assez usagée, parfaitement banale, sans rien pour la distinguer d'une autre.

Hugh se rendit compte que les trois autres scrutaient son visage. Quand il parla, il savait que sa voix frisait l'hystérie.

— Elle n'est pas à moi. C'est un coup monté! Je ne l'ai jamais vue de ma vie. Vous le savez pourtant bien qu'elle n'est pas à moi : vous avez emporté mes outils au laboratoire.

Hackaberry coupa court.

— Rentrons.

Ellen comprendrait tout, rien qu'à voir son visage, quand ils traverseraient le poste de garde. Elle irait chercher Skye à temps, avant qu'il ne puisse être mis formellement en état d'arrestation, avant qu'on n'ait pris ses empreintes, avant qu'on ne l'ait enfermé — ce qui lui ôterait tout espoir de prouver la vérité. Il n'osa pas la regarder, de peur de ne pas avoir la force de se taire.

Le marshal alla droit à son fauteuil.

— Asseyez-vous, ordonna-t-il.

Ils reprirent leurs places habituelles, Ringle à côté du bureau, Hugh en face du marshal. Mais cette fois, l'agent gardait la porte.

Hackaberry se laissa tomber dans son fauteuil et prit sa pipe. Ringle disposa soigneusement la pièce à conviction sur une pile de paperasses, comme un presse-papiers de plus. Le silence était insupportable. Hugh n'osa pas le rompre, mais le temps qu'il fallut au marshal pour bourrer sa pipe et l'allumer lui parut interminable.

— Vous avez le droit d'appeler votre avocat, lui dit Hackaberry. (Plus d'espoir. Il allait être inculpé de meurtre.) Je vais l'appeler moi-même, si vous voulez.

La proposition était sincère, le marshal avait déjà décroché son téléphone.

— Merci. J'aimerais bien qu'il vienne.

Au moins, il n'avait plus cette voix de névropathe; il parlait d'un ton aussi posé que les autres.

— Demandez-moi Skye Houston, dit Hackaberry dans l'appareil.

Skye serait-il déjà rentré chez lui? Ou bien était-il allé chercher Meg à l'aéroport? Ou encore dînait-il avec d'autres clients? Il fallait absolument qu'on mette la main sur lui à temps.

— Ainsi, vous affirmez ne pas connaître cet objet?
dit Hackaberry.

— Vous savez bien que ce n'est pas à moi. (Hugh
essayait de raisonner.) Vous avez examiné ma voiture
de fond en comble l'autre soir.

— L'intérieur, pas le dessous, précisa Ringle.

Hugh poursuivit, en détachant soigneusement les
mots :

— Si cette clef m'appartenait, et si je m'en étais
servi pour commettre un crime, vous pensez bien que
j'aurais trouvé une meilleure cachette. J'ai eu tout le
temps nécessaire et mille occasions de m'en débarrasser.

— Je n'en sais rien. (Le sourire lointain de Ringle
exprimait sa longue expérience des idées saugrenues
qu'ont parfois les criminels.) Peut-être avez-vous eu
peur qu'on vous voie la jeter. Peut-être avez-vous
craint que quelqu'un tombe dessus par hasard — ça
ne rate jamais — et qu'on ne remonte la filière jusqu'à
vous. Peut-être avez-vous préféré la planquer jusqu'à ce
qu'on vous laisse rentrer chez vous, parce que là-bas
vous connaissiez un moyen sûr de la faire disparaître.

— On n'aurait certainement pas pu « remonter la
filière jusqu'à moi », protesta Hugh, pour la bonne
raison que cette clef ne m'appartient pas.

— On n'y trouvera pas vos empreintes digitales.
(Ringle la tapotait avec la pointe d'un crayon.) Elle
a été bien astiquée, ça se voit. Mais on arrivera peut-
être à établir où elle a été achetée, et par qui.

— Je l'espère, déclara Hugh.

— Mais peut-être aussi qu'on n'y arrivera pas.
Peut-être qu'elle a été achetée il y a longtemps dans un
Prisunic, ou dans une grande quincaillerie où ils ne se
souviendront de rien. Pas impossible qu'elle ait été
vendue à Los Angeles.

Dans ce cas, ils ne douteraient plus de sa culpabilité. Jamais personne ne croirait que le meurtrier soit allé jusqu'à Los Angeles pour acheter un outil aussi banal.

Le téléphone sonna. Le marshal décrocha immédiatement.

— Oui, dit-il. Votre client est ici. L'arme probable du crime était cachée sous sa voiture. (Ce qu'il entendait lui fit froncer les sourcils.) C'est votre opinion. Voulez-vous venir ici avant que je ne l'inculpe?

Il écouta un instant, puis dit :

— D'accord, mais je n'attendrai pas plus longtemps.

Il raccrocha d'un geste brusque.

— Le labo établira si c'est l'arme du crime, dit-il à Hugh, vous le savez. Nous allons attendre l'arrivée de votre avocat avant d'aller plus loin.

Ringle sortit un cigare et l'alluma.

— Dans votre propre intérêt, fit-il presque aimable, racontez-nous donc ce qui s'est passé.

Hugh, désespérément, répéta :

— Je vous l'ai rabâché vingt fois. Après l'avoir renvoyée vendredi soir, je n'ai jamais revu Iris vivante. Je ne suis pour rien ni dans l'opération ni dans sa mort.

Ses protestations se heurtaient à une incrédulité évidente. Une idée lui vint alors à l'esprit, qu'il aurait dû avoir bien plus tôt s'il n'avait été troublé au point d'être incapable de réfléchir.

— Qui vous a dit de regarder sous les pare-chocs de ma voiture? Vous n'auriez pas reçu un autre renseignement anonyme, par hasard?

— Peu importe d'où vient le tuyau, répliqua Ringle. Du moment qu'il est bon.

Hugh cria au marshal :

— Vous voyez bien que c'est un coup monté contre moi!

Hackaberry scruta attentivement son visage, puis ses yeux se posèrent sur la porte. Skye Houston entrait. Il dit calmement « bonsoir » à Hugh en passant près de lui, et vint se planter debout devant Hackaberry, qu'il dominait de toute sa taille.

— Qu'est-ce que tout cela veut dire? interrogea-t-il d'un ton hautain.

— Vers la fin de l'après-midi, expliqua Hackaberry, un type nous a téléphoné. Il a raconté qu'il était descendu aux Palmiers et que, dans la nuit d'avant-hier il avait vu un homme — qui d'après le signalement pourrait être Densmore — cacher quelque chose sous le pare-chocs d'une Cadillac blanche immatriculée en Californie. Voilà ce que nous avons trouvé à l'endroit indiqué.

Il désigna la clef anglaise.

— Il avait un nom, votre informateur?

Hackaberry rougit de colère.

— Il avait lu les articles sur l'affaire et comme ce qu'il avait vu lui paraissait suspect, il avait décidé de nous alerter avant de quitter la ville. Non, nous ne connaissons pas son nom. C'était un homme d'affaires et il ne tenait pas à ce qu'on parle de lui à propos d'une affaire de meurtre.

Ringle ajouta, avec une parfaite indifférence :

— Venner s'en occupe. Mais il ne trouvera rien. Il y a tellement de passage dans les motels! Le type était sur le point de partir.

— Et c'est là-dessus que vous prétendez vous fonder pour arrêter mon client? questionna Houston, glacial.

Le marshal martela :

— Là-dessus et sur d'autres présomptions. J'ai l'intention de le garder à la disposition de la justice, comme soupçonné d'avortement et de meurtre.

Sous le regard méprisant de Houston, il ne put se contenir.

— Enfin, Skye! s'exclama-t-il. Jusqu'à quand croyez-vous que je vais rester les bras croisés?

— Jusqu'à ce que vous ayez l'ombre d'une preuve.

— Des preuves? J'en ai plus qu'il n'en faut. Il a amené la fille ici; il reconnaît qu'elle lui a demandé...

Houston l'interrompit.

— Cela vous intéresserait peut-être de connaître le nom de l'amant de la fille?

Ringle, du coup, sortit de sa torpeur. Hackaberry regarda fixement l'avocat. Finalement il demanda :

— C'est une blague?

— Pas du tout. Je ne peux pas encore vous donner son nom exact, mais je connais son signalement et les dates de plusieurs de ses visites à Indio.

— Asseyez-vous, ordonna Hackaberry.

Skye tira une chaise à lui.

— D'où tenez-vous ces tuyaux à la gomme? C'est sérieux?

Skye tarda à répondre, comme s'il hésitait à le faire.

— Vous savez que je ne suis pas obligé de vous révéler mes sources d'information, dit-il enfin. Vous auriez pu apprendre tout cela avant moi si vous aviez consenti à croire le récit de mon client.

Avec un rien d'acidité, il ajouta :

— Mes informations ne sont pas anonymes. Elles sont solides. J'ai un témoin.

— Bon Dieu, Skye, vous...

— Ce que je sais vous intéresse-t-il, oui ou non?

Le marshal, sourcils froncés, prit une feuille de papier.

— Accouchez.

— Son prénom est Fred. Son nom de famille commence par un O. Il habite Phœnix.

— Combien de Fred O. y a-t-il à Phœnix? ironisa le marshal.

— Je n'ai pas encore vérifié, mais certainement pas beaucoup. Et les autres ne correspondront pas à ce que je sais de lui. Il est jeune, probablement moins de trente ans, et de taille moyenne.

Le signalement était assez vague. Le marshal continua à prendre des notes. Mais Ringle cessa ostensiblement d'écouter.

— Ses cheveux sont blonds et décolorés, il les porte longs. Quand mon témoin l'a vu, il était vêtu d'un blouson de cuir sombre et d'un pantalon foncé.

— Et où ce témoin l'a-t-il vu?

— En compagnie de Bonnie Lee Crumb, répondit Skye catégorique. Alors qu'il la reconduisait chez elle après un rendez-vous.

Ringle de nouveau prêta l'oreille. Le marshal posa son stylo.

— Il a un nom, votre témoin?

— Allez-vous arrêter mon client à cause de ce bout de ferraille? demanda Skye en désignant la clef anglaise d'un geste ironique.

— Vous me donnerez un nom?

Skye eut un rire bref.

— D'accord, dit-il, je vous donnerai son nom... Elle s'appelle Lora Mattinor.

— Où habite-t-elle? (Ringle s'était mis à écrire sur son calepin.)

— Vous voulez que je fasse tout votre boulot? (Skye se leva.) A Indio, bien sûr. Je ne sais pas l'adresse. Mon client peut se retirer, marshal?

Hackaberry inclina la tête de mauvaise grâce.

— Vous vous portez garant qu'il se présentera quand j'aurai de nouveau besoin de lui?

Comme si l'idée que Hugh pût s'enfuir était trop

117

absurde pour mériter un commentaire, Houston ne répondit qu'un mot : « oui », puis il fit signe à Hugh.

— Venez, docteur.

Sans un regard en arrière, Hugh sortit avec lui. Ellen, dans le poste de police, se leva de sa chaise, le regard angoissé. Skye lui glissa une main sous le bras.

— Tout va bien, assura-t-il.

Il la conduisit jusqu'à la porte et lui fit monter les marches. Hugh respira profondément l'air frais de la nuit.

— Accompagnez-moi chez moi, proposa Skye.

Discrètement, Ellen se rapprocha de Hugh.

— Entendu, nous vous suivons.

Skye attendit qu'ils soient installés dans la voiture de Hugh et démarra en trombe. Ses feux arrière n'étaient plus que deux points, loin devant eux sur Scottsdale Road quand, à un carrefour, un feu rouge les arrêta.

Ellen rompit le silence.

— Ils ne vous ont pas arrêté.

Elle alluma une cigarette et la tendit à Hugh.

— Il s'en est fallu de peu. Et puis Skye est arrivé, comme un terre-neuve.

— Ainsi, Meg a trouvé quelqu'un qui a parlé, s'écria Ellen, très emballée.

— Sûrement. Et elle a pu avertir Skye à temps. Deux terre-neuve!

Les deux points rouges, devant eux, disparurent vers la gauche à leur approche.

— Ils auront ce Fred O. avant demain, assura Ellen.

Son ton signifiait que tout était maintenant terminé : il ne restait plus que ce petit détail à régler.

La Cadillac arrivait devant la maison; la voiture de Skye avait déjà franchi la barrière.

Hugh feignit l'enthousiasme.

— Bien sûr qu'ils l'auront.

Peut-être Ellen s'y trompa-t-elle. Peut-être que non. Il n'était pas facile de lui donner le change.

Lorsqu'ils entrèrent au salon, Meg se leva d'un grand fauteuil où elle s'était pelotonnée.

— J'ai cru que vous n'arriveriez jamais, dit-elle.

Puis remarquant l'expression de leurs visages, elle ajouta d'un ton changé :

— Tout va bien, j'espère?

— Pour le moment, oui, répondit Skye.

Il s'interrompit. Il venait d'apercevoir la petite fille assise sur le divan.

— C'est Lora, dit Meg.

La petite fille salua de la tête. Son regard alla de Skye à Ellen et d'Ellen à Hugh, puis revint vers Meg, comme pour lui demander conseil.

— Lora, dit Meg, voici M. Skye Houston, l'avocat, Miss Hamilton et le Dr Densmore.

Lora n'était pas jolie. Elle ne paraissait pas plus de dix ans, mais sans doute en avait-elle treize ou quatorze, pour avoir été la confidente d'Iris — de Bonnie Lee. Ses cheveux pendaient sur son dos, en une longue tresse démodée. Elle avait une large bouche aux lèvres molles et les yeux trop rapprochés.

Houston s'étonna.

— Vous ne m'aviez pas prévenu que vous la ramèneriez avec vous.

— C'était une surprise, répondit Meg. J'ai pensé que vous préféreriez l'entendre raconter elle-même ce qu'elle a à dire. C'est très intéressant.

— Attendez seulement que Hack apprenne ça. (Mais sur un coup d'œil éloquent de Meg, Skye fit son sourire le plus charmant et se tourna vers l'enfant désorientée.) Je suis ravi que vous ayez pu venir, Lora. Si vous voulez bien, on va manger quelque chose; et puis après, vous nous raconterez tout. (Il se tourna brusquement vers Ellen et Hugh.) Vous n'avez pas dîné, vous deux!

— Ça n'a pas d'importance, dit Hugh.

— Oh! mais si! On ne peut pas réfléchir avec le ventre vide. (Il les poussa vers la cuisine.) Voyez ce qu'il y a dans le réfrigérateur, Ellen. Je prendrai les commandes ici.

Elle ouvrit le réfrigérateur, à l'aise comme chez elle.

— Qu'est-ce que vous voulez comme sandwiches? Il y a de tout.

— Ce que je veux, répliqua Hugh, c'est vous emmener dîner...

Il s'interrompit comme Skye entrait.

— Pour la petite, une glace, de la crème au chocolat et un coca-cola. Seigneur! Elles ont dîné. Meg ne veut que du café.

Skye chargea Hugh du café, et aida Ellen à confectionner les sandwiches. Puis il porta le plateau dans le salon.

Meg commença le récit qu'ils attendaient tous.

— Je n'ai pas eu de chance aujourd'hui, jusqu'à ce que j'aie rencontré Lora. (La petite fille prit un air avantageux et lissa sa jupe fleurie.) J'avais questionné toute la bande des copains de collège de Bonnie Lee au milk bar. Mais aucun ne savait rien d'une liaison secrète qu'elle aurait eue.

— Elle en avait parlé qu'à moi toute seule, se rengorgea Lora.

— J'allais abandonner — la plupart des membres de la bande étaient rentrés chez eux — quand Lora est

120

venue me trouver et m'a confié à l'oreille qu'elle avait quelque chose à me dire au sujet de Fred.

— Je voulais pas que les autres sachent, expliqua Lora comme elle avait déjà dû le faire plusieurs fois à l'intention de Meg. J'avais promis à Bonnie Lee de garder le secret. Et je l'avais fait, seulement...

— Seulement, elle veut nous aider à attraper l'homme qui a tué son amie, acheva Ellen à sa place.

Lora approuva vigoureusement de la tête.

— Oui, sûrement. C'est affreux ce qui lui est arrivé. Et à qui le tour la prochaine fois? (Elle devait répéter des phrases de sa mère.) A moi peut-être?

— Voilà pourquoi Lora a accepté de prendre l'avion avec moi. Pour tout vous raconter, monsieur Houston. A vous en personne.

— Je vous en remercie beaucoup, Lora, dit Houston, en adoptant le même ton que Meg.

— D'abord, ma mère voulait pas me laisser venir, expliqua Lora, volubile. Elle avait peur que ce soit un piège pour me tuer à mon tour. Mais quand Meg a téléphoné au juge...

Meg prévint les demandes d'éclaircissements.

— Je me suis rappelée que le juge Long est d'Indio. Grâce à Dieu, il était chez lui, et nous y sommes allées, Lora, sa mère et moi. Heureusement, il s'est souvenu de moi, du temps où il s'est occupé de cette affaire d'extradition avec vous, Skye.

— Fallait bien que je vienne, soupira Lora. C'était la première fois que je prenais l'avion.

Houston dissimula l'impatience qui commençait à le gagner derrière un sourire professionnel qu'il adressa à Lora.

— Bonnie Lee vous a parlé de cet homme, de ce Fred?

— Oh! oui. Elle me disait toujours tout sur ses

flirts. Elle avait un succès formidable. C'est elle qui en avait le plus de tout le collège?

— Mais Fred n'était pas à votre collège?

— Oh! non, il était vieux. (Pour Lora, la vieillesse devait sans doute commencer à vingt ans.) Il était de Phœnix, mais il venait toujours à Indio deux ou trois fois par semaine.

— Pour ses affaires?

— Je ne sais pas.

Les très jeunes gens ne se posent jamais ce genre de questions. Pour Lora, Fred venait à Indio voir Bonnie Lee.

— Où l'avait-elle rencontré? demanda Hugh.

— Oh! un vrai roman, répondit-elle, tout émoustillée à ce souvenir. C'était pendant les vacances de Noël. Elle travaillait dans un Prisunic pour se faire de l'argent de poche. Un beau garçon blond est venu acheter des bonbons et c'est elle qui l'a servi. Ça s'est passé comme ça. Ils se sont regardés et ils ont eu le coup de foudre. (Lora, à ce moment-là, avait oublié le meurtre.) Il l'attendait quand elle est sortie du travail.

Un homme marié levant une fille facile. Pour passer le temps. Sans penser, alors, à la tuer.

— Savait-elle qu'il était marié?

— Bien sûr que non. (Lora était outrée.) Jamais elle aurait fréquenté un homme marié.

— Vous l'avez vu? demanda Houston.

— Oui, je l'ai vu.

— Avec Bonnie Lee?

— Naturellement.

— Comment cela?

Lora sourit.

— Je savais qu'elle avait rendez-vous avec lui ce soir-là. C'était en février dernier, la veille de l'anniversaire de Washington, juste avant qu'il cesse de venir à Indio. Comme on avait congé le lendemain, je suis restée à lire dans ma chambre jusqu'à ce que je les entende rentrer. Ils riaient tous les deux, assez bas pour ne réveiller personne, mais je les ai bien entendus. J'ai regardé par la fenêtre — j'habite juste en face — et je l'ai vu. (Elle soupira.) Exactement comme elle me l'avait décrit. Grand — enfin assez grand — avec des cheveux blonds très longs dans le cou et un blouson de cuir.

— Vous le reconnaîtriez si vous le revoyiez? interrogea Houston à brûle-pourpoint.

Lora fit une moue.

— Oh! ben... J'ai pas vu sa figure; rien que son dos, sur la galerie.

Ça ne suffisait pas. Elle sentit qu'elle les avait déçus. Pour se rattraper, elle assura :

— De dos, oui, je le reconnaîtrais. Il y a un réverbère au coin. Je l'ai vraiment bien vu.

Houston l'aida à reprendre pied sur un terrain plus solide. Ils n'auraient peut-être qu'elle pour établir un lien entre l'inconnu et Bonnie Lee.

— Vous êtes sûre qu'il s'appelle Fred?

— Oh! oui. Bonnie Lee couvrait ses livres de classe de ses initiales : F. O.

— Mais elle n'a jamais prononcé son nom de famille?

— Non, jamais. Mais sûr et certain il commence par un O. Elle passait son temps à répéter d'un ton pâmé : « Fred O., Fred O., Fred O., Fred! » sans jamais dire le nom en entier.

— Elle ne s'est jamais fait pincer avec lui? demanda Houston.

— Bien sûr que si, elle avait tout le temps des histoires, chez elle et au collège. Mais elle s'en fichait du moment qu'elle pouvait continuer à faire ce qu'elle voulait.

— Est-ce que Fred la reconduisait chez elle en voiture?

Lora réfléchit.

— Je ne crois pas. J'ai pas vu de voiture. Bien sûr, ils auraient pu la laisser au coin, mais j'ai pas entendu de bruit de moteur. La première chose que j'aie entendue, c'est eux qui riaient. Vous savez, ils n'avaient pas besoin de voiture. On n'habite pas loin du centre de la ville. Indio n'est pas aussi grand que Phœnix.

Fred O. n'avait pas de voiture; donc il allait à Indio avec quelqu'un d'autre; quelqu'un qui devait être au courant de ses voyages.

Houston reprit son interrogatoire.

— Bonnie Lee vous a-t-elle dit qu'elle projetait de venir à Phœnix?

— Non, avoua Lora à contrecœur. Mais on n'a pas eu l'occasion de causer, ces temps derniers. Elle était tout le temps fourrée avec Inky Miller et toute la bande. (Elle plissa le nez avec un air de dégoût.) Inky a dit qu'elle voulait qu'il l'emmène à Phœnix voir sa tante.

Le garçon du tacot. Et l'invention de la tante n'avait pas été improvisée, Bonnie Lee l'avait préparée.

— A moi, commenta fièrement Lora, elle m'aurait pas dit ça. Je savais qu'elle ne connaissait personne à Phœnix. Que Fred.

Et d'une petite voix puérile, elle ajouta :

— Vous croyez que c'est Fred qui l'a tuée?

— Oui, nous le croyons, dit Houston gravement. Nous n'en sommes pas sûrs, mais nous le croyons.

Lora décocha vers Hugh un coup d'œil dont le sens n'échappa pas à Houston. Il demanda :

— Aviez-vous jamais vu le docteur Densmore avant ce soir?

— Oh! non. (Une pareille question l'outrageait.) Non, jamais.

Houston acquiesça de la tête, et sourit.

— Je crois que nous ne devrions pas retenir Lora plus longtemps, Meg. Elle couchera chez vous?

Meg inclina la tête.

— Je suis sûre que la journée lui a paru longue. Amenez-la avec vous au bureau demain.

Il lui ferait signer une déclaration avant de la lâcher.

— C'était mon intention, dit Meg.

Skye gratifia de nouveau Lora de son plus large sourire.

— Si nous déjeunions ensemble?

— Je ne retourne pas en classe demain?

— Je ne crois pas que nous puissions vous ramener à temps.

La petite fille sourit.

— Ma foi, je me ferai une raison.

Meg dit bonsoir à la ronde, Lora salua de la tête. Skye sortit pour les accompagner jusqu'à la voiture.

— Si seulement elle l'avait rencontré face à face, rien qu'une fois! murmura Ellen.

— Si seulement elle connaissait son nom de famille en entier, dit Hugh. Mais il n'y a certainement pas beaucoup de Fred O. qui allaient à Indio trois fois par semaine, y passaient la nuit et rentraient à Phœnix le lendemain matin. (Il pensait tout haut.) Il n'est peut-être pas dans l'annuaire de Phœnix. La plupart des routiers n'habitent pas en ville. En supposant que ce soit un routier.

— Un chauffeur de car, proposa Ellen.

— Ou un cheminot.

Houston rentra.

— Demain matin, nous éplucherons tous les Fred O.; les policiers sont peut-être déjà en train de le faire. Mais nous avons une chance de réussir avant eux. Nous en savons davantage. Quelqu'un qui allait encore régulièrement à Indio à Noël, mais qui n'y va plus. Car elle n'aurait pas eu besoin de venir à Phœnix si elle avait pu mettre la main dessus à Indio.

— Il a pu tout simplement cesser d'aller la voir, remarqua Hugh.

— Non. Indio est une trop petite ville. Elle l'aurait retrouvé s'il y avait remis les pieds.

— C'est peut-être lui qui lui a demandé de venir le rejoindre à Phœnix.

— Pas l'ombre d'une chance. Jamais il ne l'aurait fait venir, pour qu'elle apprenne qu'il était marié. Trop risqué. Il ne tenait certainement pas à l'avoir sur les bras ici. (Les idées venaient à Houston à mesure qu'il parlait.) Elle savait où le trouver. Pas chez lui : jamais il ne lui aurait donné son adresse.

— La gare routière, dit Ellen.

Et elle insista :

— Un chauffeur d'autocar. Elle s'est fait déposer à la gare routière, non?

Un instant, ils se dévisagèrent en silence.

— C'est possible, dit lentement Houston. Ça semble presque trop simple, mais ça collerait avec les voyages à Indio.

Il respira profondément et proposa en souriant :

— Vous boirez bien un verre avant de partir?

Sans attendre leur réponse, il commença à remplir les verres. Après les avoir passés à la ronde, il s'assit à côté d'Ellen.

— Ça ne se présente pas si mal. Je ne m'attendais pas à ce que les choses démarrent aussi vite. Une fois qu'on tiendra Fred O...

Hugh ne put se retenir d'observer :

— C'est là que ça se gâtera. Quand Fred O. parlera.

Ellen le contredit avec véhémence.

126

— Non, Hugh. Le marshal ne croira pas ses mensonges.

— Pourquoi pas? Tout cela est si logique. Il l'amène jusqu'à ma porte. J'affirme que je l'ai renvoyée et que je ne l'ai plus jamais revue. Lui affirmera qu'il l'a laissée là et qu'il ne l'a plus jamais revue. Qui dit la vérité?

Houston fronça les sourcils.

— Il y aura des indices.

— Les indices sont contre moi. Nous avons un témoin? Oui, mais pas un témoin du meurtre.

— On trouvera des indices dans sa voiture, ou dans la voiture dont il s'est servi cette nuit-là.

— Mais tout de même, objecta Hugh, il m'accusera d'avortement. Pour se venger, parce que j'aurai mis la police à ses trousses.

Il ajouta, en articulant soigneusement :

— C'est tout ce qu'attendent les policiers. Quelqu'un qui confirme leurs soupçons.

Skye essaya de s'exprimer avec la même assurance qu'auparavant, mais il n'y parvint pas.

— Ne voyons pas tout en noir. Quand les policiers s'apercevront que Fred O. leur ment sur tout le reste, pourquoi voulez-vous qu'ils prennent pour argent comptant ce qu'il leur racontera à votre sujet? Il faut pourtant que vous sachiez une chose. (Houston ne tentait même plus de cacher sa contrariété.) Cette gosse me l'a dit à la porte. Au collège, on raconte que Bonnie Lee est allée à Phœnix avec un nègre.

Hugh réussit à conserver un visage impassible.

— Elle m'a demandé si c'était vous.

— Qu'avez-vous répondu?

— La vérité. Je n'avais pas le choix. (Houston avala d'un trait le reste de son verre.) Si seulement vous pouviez vous rappeler le numéro d'immatriculation de leur guimbarde, je forcerais bien ces petits salopards à

127

dire la vérité sur votre rencontre avec Bonnie Lee.

— A quoi cela avancerait-il? demanda Hugh avec lassitude. Ça ne prouverait pas que je ne l'ai pas fait avorter.

Non, cela, ni Inky, ni Guppy, ni Lora, ni ceux avec qui elle avait passé la nuit à Blythe ne pouvaient le prouver...

Hugh et Ellen roulèrent en silence sur la route sinueuse et déserte qui conduisait en ville. La ligne des collines éclairées par la lune se profilait sur le ciel nocturne. Dans une maison écartée s'élevèrent les aboiements d'un chien.

— Demain, je serai arrêté, murmura Hugh.

— C'est une obsession maladive, dit Ellen.

— Dès qu'ils auront entendu Fred O., Skye s'y attend. Il sait qu'il ne peut plus l'empêcher. Il prépare ma défense.

— Il faut bien qu'il la prépare. A quoi servirait un avocat, sinon?

— Oh! bien sûr, il prouvera mon innocence. Quand Skye en aura fini avec lui, aucun juré ne croira plus un seul mot de ce que pourra dire Fred O. Mais avant, les journaux s'en seront donné à cœur joie : « Le Dr Densmore accusé d'avortement. » Dès mon arrestation, Je serai un homme fini. Qui voudrait d'un médecin dont la réputation est douteuse?

— Tant qu'à faire, allez jusqu'au bout, Hugh, dit Ellen calmement. Pourquoi ne pas imaginer une manchette comme « Un médecin noir accusé d'avortement »? (La colère montait en elle maintenant.) Skye se rend compte tout autant que vous du tort qu'une inculpation peut vous faire dans votre vie professionnelle. C'est pourquoi il use de toute son influence et fait même jouer ses relations personnelles avec le marshal, le commissaire principal et les journalistes pour vous éviter d'être officiellement inculpé.

— Les journalistes?

— Vous ne croyez tout de même pas que s'ils vous ont fichu la paix, c'est parce qu'ils ne sont pas au courant? ironisa-t-elle. Ils ont accepté de ne pas citer votre nom eu égard aux circonstances. Mais pas de bon gré. Si le marshal et Skye n'avaient pas insisté tous les deux...

— Excusez-moi. Je ne savais pas.

— Vous êtes en bonnes mains, Hugh, dit Ellen d'un ton ferme. Skye ne peut pas faire des miracles, mais il a plus d'un tour dans son sac.

Ils étaient arrivés au motel, mais ni l'un ni l'autre n'avaient esquissé un geste pour descendre de voiture.

Elle reprit, radoucie :

— Si cela devait arriver, soyez tranquille. Votre famille apprendra toute l'histoire de ma bouche, et pas par un quelconque compte rendu tendancieux.

— De votre bouche et de celle d'Edward.

— Le Dr Willis est au courant?

Il avait parlé sans réfléchir.

— Oui, je lui ai tout dit. Il le fallait.

Elle ne parut pas se demander pourquoi. Elle murmura seulement « parfait », comme soulagée de savoir que quelqu'un dans la famille de Hugh en savait autant qu'elle.

Tous deux restèrent un moment plongés dans leurs pensées. Un grésillement insistant troubla le silence.

— Je crois que c'est mon téléphone, Hugh.

Lui aussi avait reconnu la sonnerie.

— Allez répondre, dit-il en sautant de la voiture.

A longues foulées, il se mit à courir vers l'avenue Van Buren. Au coin, il piqua à droite, vers la station-service et la cabine téléphonique si commode. Mais une voiture qui s'engageait dans l'allée conduisant au bureau du motel lui barra le chemin et, un instant, lui boucha la vue. Quand elle fut passée, Hugh demeura figé sur place.

A jeter aux chiens.

La voiture de patrouille de la police avait surgi dans l'intervalle. Elle était arrêtée à l'angle de la rue où se trouvait la station-service, à côté d'une conduite intérieure noire parfaitement banale. Un des agents se penchait vers une des glaces avant; l'autre, sur le trottoir, non loin de la cabine téléphonique, parlait à deux jeunes gens. Hugh était trop loin pour distinguer les visages ou reconnaître la marque de la voiture.

Il fit demi-tour, regagna l'allée du motel et coupa à travers la pelouse pour regagner le pavillon d'Ellen.

Elle ouvrit dès qu'il frappa.

— Il n'y avait personne au bout du fil.

— Non. (Il ne pouvait surmonter sa déception.) La voiture de patrouille est arrivée la première.

— Vous croyez que c'était Fred O. ?

— Et qui d'autre voulez-vous que ce soit?

— Vous n'avez plus besoin de lui courir après, dit-elle. Plus la peine de prendre ce risque. Demain les policiers l'auront coincé.

Elle recula d'un pas pour le laisser entrer et ajouta :

— Venez donc fumer une cigarette. Le temps de vous calmer.

— Non, merci, Ellen, pas ce soir.

Il réussit à prendre congé avec désinvolture.

— A demain matin.

Elle répondit sur le même ton :

— Bonne nuit.

Hugh avait les paumes moites. Dans la voiture, il les essuya aux manches de sa veste, et il se sentit de nouveau d'attaque. Mais il était trop tard pour se lancer à la recherche du repaire de Doc Jopher. Surtout avec la voiture de patrouille sur le sentier de la guerre.

Il était dix heures du matin quand il se gara devant le pavillon d'Ellen, aux Palmiers. Évitant de frapper à la porte, il fit le tour du petit bâtiment pour gagner la terrasse. Les rideaux étaient grands ouverts, ainsi que les portes. A travers l'écran grillagé, il appela :

— Ellen, vous êtes là?

La réponse lui parvint depuis la salle de bains.

— Entrez. Ce n'est pas fermé.

Ellen pénétra dans le salon en même temps que lui. Elle boutonnait une veste de plage sur un maillot de bain.

— Skye a téléphoné, annonça-t-elle. Il voudrait que vous passiez à son bureau.

— Quand?

— Dès que vous pourrez. Je ne suis pas invitée.

— Vous ne savez pas ce qu'il me veut?

— Il ne me l'a pas dit. Exprès. Alors je ne lui ai rien demandé. Vous reviendrez, après?

— S'il y a un après.

— Oh! Hugh, ne faites pas l'idiot! (Elle semblait de bonne humeur, ce matin.) Si c'était sérieux, vous savez bien qu'il m'aurait mise au courant.

Hugh ne pouvait pas en douter. Il sourit.

— Très bien. Je reviendrai...

Meg était à sa table, dans l'antichambre du bureau de Houston.

— Un petit instant, dit-elle. Un client vient tout juste d'entrer.

J'aurais dû téléphoner avant de venir, songea Hugh puis il demanda :

— Où est Lora?

— Ma mère l'a emmenée faire des courses. Je dois les retrouver pour déjeuner. M. Houston ne peut pas venir. Après, je la remettrai dans l'avion pour Indio.

— La police doit se demander où elle est.

— Elle patientera, répondit-elle avec insouciance en se remettant au travail.

Le journal du matin s'étalait sur la banquette de chêne. Hugh le ramassa. L'affaire du canal était racontée une fois de plus, sous une forme qui s'efforçait de paraître nouvelle. Le marshal avait accordé une interview sur l'enquête qui se poursuivait à Indio. Les résultats de l'autopsie étaient de nouveau donnés en détail. Il n'y était question ni de Lora, ni d'un nommé Fred, ni d'un médecin noir.

La secrétaire brune sortit du bureau de l'avocat avec son bloc de sténo à la main. Elle salua Hugh.

— La voie est libre.

Meg ouvrit la porte, dit quelques mots à Houston et fit entrer Hugh.

Skye était à son bureau, plongé dans les papiers.

— Trouvez-vous un siège, Hugh, dit-il. Je suis à vous dans une minute.

Il reprit son travail. On n'aurait jamais dit, à le voir, qu'il était préoccupé. Après avoir achevé d'annoter quelques documents, il les agrafa et les jeta dans un panier de fil de fer.

— Nous avons repéré Fred O., déclara-t-il.

Hugh attendit, partagé entre l'enthousiasme et la crainte.

— O. est l'initiale de Othy.

Houston attira à lui une feuille de papier et lut :

— Vingt-cinq ans. Blond, yeux bleus, un mètre soixante-dix-huit, soixante-treize kilos. Possède une conduite intérieure Ford bleue de 1950. (Skye releva la tête.) Nous savons cela par sa fiche au service du personnel de la compagnie d'autocars. Il y a travaillé depuis le mois de septembre dernier jusqu'au 1er mars. A ce moment-là, il a demandé à être affecté à une autre ligne. N'ayant pas obtenu ce qu'il voulait, il est parti. La

132

direction en était plutôt satisfaite. Othy, à l'origine, avait été embauché à titre provisoire, comme auxiliaire. La compagnie préfère des hommes plus âgés. (Houston écarta le papier.) Il n'est pas marié.

Hugh redoubla d'attention.

— Il habite avec sa mère. Elle possède un Institut de beauté. Du côté de la 24e Rue.

— Non!

— Elle ne s'appelle pas Mayble mais Dorcas. Ça, je l'ai appris par l'annuaire.

— La police est au courant?

— Nous avons trouvé l'information à peu près en même temps. Mais chacun la nôtre. Je suis allé à la compagnie des autocars; eux, ils ont dépouillé le registre du Commerce.

Hugh n'écoutait plus qu'à demi. Il revivait son entrée à Phœnix, revoyait l'énervement de sa passagère croître à mesure qu'elle se rapprochait de la ville, de l'instant où elle retrouverait l'homme qu'elle aimait, l'homme qu'elle venait épouser. Il ne put se rappeler sans horreur son désespoir, le lendemain soir. Il dit sombrement :

— Il lui a menti. Pour se dispenser d'avoir à l'épouser.

— Oui, dit Houston. Il lui a menti. A nous aussi, il mentira.

— A nous?

— Nous allons lui rendre une petite visite. Il travaille dans un garage pas bien loin de la boutique de sa mère.

— Et vous voulez que je vous accompagne?

Maintenant que le moment de le voir face à face était venu, Hugh hésitait.

— Absolument. Si quelqu'un peut le faire parler, c'est vous, par votre présence. Car s'il a conduit la fille à votre motel et l'a attendue comme vous le supposez, qui lui dit que vous ne l'avez pas aperçu? Vous savez que c'était impossible. Mais pas lui. Du moins, c'est ainsi que je vois les choses.

Hugh dut faire effort pour s'exprimer avec calme.

— Est-ce que les policiers lui ont déjà parlé?

— Oui, Venner.

— Ah! Venner!... (L'intonation était éloquente.)

— J'ai fait la même réflexion à Hack. Mais Ringle est à Indio aujourd'hui. D'après le rapport de Venner, Othy ne sait de la fille que ce qu'il en a lu dans les journaux.

— Mais il a fait la ligne d'Indio.

— Des douzaines de chauffeurs la font, constata Houston. Il en faudra davantage pour le convaincre de meurtre.

Houston glissa divers papiers dans sa serviette et se leva.

— Allons-y.

Ils descendirent de voiture devant un hangar ouvert. A l'ombre du toit de tôle ondulée rongé de rouille, un homme au visage porcin et congestionné cognait à grand bruit sur une vieille carrosserie.

A l'approche de Houston, il se redressa :

— Fred Othy? s'enquit l'avocat.

— Là-bas derrière.

Il n'était pas curieux; mais la visite des policiers y était sans doute pour quelque chose. Il n'eut pas l'air de voir Hugh.

Houston et Hugh firent le tour du hangar. Il y avait là des carcasses de voitures, des moteurs, des châssis, des pare-chocs roulés, entassés comme les pièces d'un monstrueux jeu de construction. A l'extrémité du chantier, un homme jetait des morceaux de ferraille dans un fût à essence vide.

— Monsieur Othy! appela Skye.

— Ouais?

L'homme se retourna et vint vers eux sans se presser.

Quand Hugh le vit de face, il sentit son cœur battre plus vite : il sut que c'était bien là son homme.

Le visage de Fred Othy — osseux, bilieux, blafard, malgré le soleil de l'Arizona, avec des lèvres minces et de petites dents malsaines — ne plaidait pas en sa faveur. Othy était blond, comme Bonnie Lee l'avait dit à Lora; on aurait bien dit que ses cheveux étaient teints. Peut-être sa mère les décolorait-elle légèrement pour les empêcher de foncer. Il les portait trop longs dans le cou et sur les tempes.

Il était jeune, mais sans trace d'adolescence dans l'expression. Sans doute même n'avait-il jamais connu cette période de l'existence.

Sur son torse nu, il portait une vieille salopette sans manche, encrassée de cambouis. Il avait des épaules couvertes de taches de son et bosselées de muscles noueux.

Il s'avança de quelques pas, s'accota à un vieux châssis et alluma une cigarette.

— Qu'est-ce qu'il y a pour votre service?

— Vous êtes bien Fred Othy? interrogea Skye.

— C'est moi, oui.

Il considérait avec attention sa cigarette. Quant à Hugh, il affectait de ne pas le voir.

— Je suis Skye Houston.

— Ah oui? Et alors? Qu'est-ce que vous me voulez?

— Vous ne le savez pas?

— Comment que je le saurais si vous me le dites pas? Moi, la transmission de pensée, vous savez...

— Je crois savoir que vous étiez un ami de Bonnie Lee Crumb.

— Eh bien, vous vous trompez, répondit Othy, imperturbable.

— Vous ne savez pas qui était Bonnie Lee Crumb?

— Si, bien sûr. Je lis les journaux. C'est celle qui s'est noyée dans le bassin.

— Et vous ne la connaissiez pas?

— J'en ai jamais entendu parler, avant qu'elle se noie.

D'une pichenette, Othy essaya d'envoyer son mégot sur Hugh. Il rata son coup.

Skye le regarda fixement. Juste assez pour qu'Othy ne puisse éviter de se demander quelle serait la question suivante.

— Vous avez conduit un autocar entre Indio et Phœnix toute cette année, n'est-ce pas?

Othy marqua le coup, mais il lui en faudrait davantage pour lui faire perdre son assurance. Il avait déjà répondu à toutes ces questions.

— Et après? Faut bien gagner sa croûte, non.

— Vous n'avez pas fait la connaissance de Bonnie Lee Crumb à Indio?

— Je n'y ai pas connu une seule fille. J'y allais, j'en revenais, j'avais pas le temps de draguer.

— Il vous est bien arrivé de coucher là-bas?

Il allait nier, mais il se ravisa. Il préféra écarter la question d'un haussement d'épaules.

— Une fois ou deux, peut-être. (Il était aussi sûr de lui que s'il avait dit la vérité.) Je me rappelle pas très bien. Vous devriez demander au contrôleur.

Skye laissa passer un temps, puis demanda :

— Pourquoi avez-vous quitté votre emploi à la Compagnie des autocars, monsieur Othy?

Peut-être que Venner ne s'était pas donné la peine de s'en informer.

— J'en ai eu marre, grogna Othy. J'aurais pas plaqué s'ils m'avaient donné une ligne moins longue, mais ils ont pas voulu. Alors je les ai envoyés sur les roses.

Sans changer ni d'expression ni de ton, Skye poursuivit :

136

— Ce n'était pas parce que Bonnie Lee Crumb vous avait annoncé qu'elle était enceinte?

L'espace d'un instant, Fred Othy laissa voir son véritable visage, hargneux, sournois et mauvais. Puis son masque d'hostilité s'effaça et il reprit son air indifférent.

— Qu'est-ce qui vous prend? Vous me croyez pas? Je vous ai déjà dit que je ne connaissais aucune Bonnie Lee. (Il se redressa d'un coup de reins.) Vous savez, si c'est pour ça que vous êtes venus, pas la peine d'insister, vous me faites perdre mon temps.

— Et si je vous disais que j'ai un témoin qui vous a vu à Indio avec Bonnie Lee?

— Je répondrais qu'elle ment. (Il avait répondu du tac au tac, mais il accusa le coup.)

— Elle?

— Elle ou il. (Il fronça les sourcils.) Et puis après tout, ça vous regarde? De quel droit me posez-vous toutes ces questions?

Sans répondre, Skye désigna Hugh.

— Aviez-vous jamais vu cet homme, monsieur Othy?

Fred O. considéra longuement Hugh. Le temps de mettre au point sa réponse. Son regard, d'abord méprisant, se chargeait peu à peu de haine.

— Non, jamais.

— Vous en êtes bien sûr?

— Absolument sûr.

Skye alors s'adressa à Hugh.

— Est-ce la voix que vous avez entendue au téléphone, docteur Densmore?

— Oui, c'est bien celle-là. (Hugh en était certain.) Othy avança d'un pas vers Skye.

— Qu'est-ce que ça veut dire? C'est un coup monté? J'ai jamais téléphoné à un nègre.

— Et vous n'avez pas informé la police par téléphone

que Bonnie Lee Crumb était arrivée à Phœnix dans la voiture du Dr Densmore?

Othy cria :

— Je ne sais même pas de quoi vous voulez parler!

Sans élever la voix, Skye déclara :

— Je me demande si l'agent qui a reçu la communication pourra lui aussi identifier votre voix.

Othy serra ses poings souillés de graisse.

— Vous commencez à me les casser. Et drôlement, même.

— Les policiers vous embêteront encore bien plus quand ils auront trouvé dans votre voiture les empreintes digitales de Bonnie Lee, coupa Skye. Vous croyez peut-être les avoir effacées, mais c'est impossible. Il en reste toujours.

Un début de panique calma un peu la fureur d'Othy.

— C'est uniquement une question de temps, poursuivit Skye. La police est sur la même piste que moi, et elle a de meilleures façons d'obtenir des renseignements. Elle vous coincera.

Il lui lança sa dernière question en plein visage.

— Pourquoi avez-vous tué Bonnie Lee?

Othy hurla :

— J'en ai marre de vos salades. J' l'ai jamais connue, cette gosse, cette Bonnie Lee, et celui qui prétend le contraire n'est qu'un menteur.

Il tourna les talons, ouvrit d'un coup d'épaule la petite porte du hangar et disparut.

— Venez, dit calmement Skye à Hugh, nous n'en tirerons rien de plus.

Ils roulèrent vers l'ouest jusqu'à North Central Avenue.

— Il ne leur échappera pas, dit Skye, mais vous feriez bien d'éviter les coins sombres cette nuit.

Il tourna vers le sud, remontant vers le centre de la ville.

— Pourquoi lui avez-vous mis la puce à l'oreille à propos des empreintes qui pourraient se trouver dans sa voiture? s'étonna Hugh. Il va les faire disparaître.

— Oh! non, sûrement pas. Les policiers ont ramassé sa voiture ce matin pour l'examiner (Skye esquissa un sourire.) Ce que je lui ai dit est vrai. On trouvera un indice, n'importe quoi. Il ferait bien de se mettre tout de suite à mijoter une autre histoire.

Comme ils approchaient de la première Avenue, Skye dit soudain :

— Allons voir ce qu'ils ont trouvé.

Il gara sa voiture devant chez lui, traversa la rue et entra au Palais de Justice. Hugh le suivit, mais à contre-cœur. Ne jouait-il pas ses dernières heures de liberté? La clef anglaise était-elle aussi entre les mains des techniciens de la police...

Sans la moindre hésitation, Skye franchit la porte du bureau du commissariat.

La secrétaire, une jeune femme brune au visage agréable, l'accueillit en le saluant par son nom.

— Le chef est là?

— Oui. Un instant, monsieur Houston. (Elle se pencha sur l'interphone.) Skye Houston est là... (Elle rabattit la manette.) Vous pouvez entrer.

Grisonnant, grave, distingué dans un complet d'été sombre, le commissaire principal n'avait vraiment pas l'air d'un policier de carrière.

Skye fit les présentations et demanda :

— J'aimerais savoir ce que le labo a tiré de la voiture d'Othy.

Le commissaire principal ne répondit pas tout de suite. Il examina Hugh de la tête aux pieds, comme s'il voulait le photographier, et scruta le visage de Houston, tout en se frottant pensivement la joue.

— Bon Dieu, Bruce, s'exclama Houston. Je pourrais

obtenir le rapport de Hack sans même avoir à le demander.

— Pourquoi ne le faites-vous pas?

— Parce que je n'ai pas envie d'aller jusqu'à Scottsdale alors que mon bureau est de l'autre côté de la rue. Vous ne croyez tout de même pas que je veux le falsifier, ce rapport.

— Je ne sais pas ce que vous voulez en faire. Je ne sais même pas ce qui vous autorise à penser que vous pouvez entrer ici sans crier gare et réclamer communication d'un rapport de police qui n'a pas encore été publié. Nous ne pouvons pas laisser nos rapports...

Skye l'interrompit.

— Si je vous jure mes grands dieux que je n'en révélerai pas la teneur tant qu'elle ne s'étalera pas à la une de votre canard...

Le chef répondit avec aigreur :

— Je n'ai plus aucun rapport avec le journal, vous le savez parfaitement. De plus, il ne vous échappe certainement pas que nous avons été réguliers avec vous en gardant à cette affaire un caractère confidentiel.

— Tout ce que je veux, interrompit Skye patiemment, c'est sauvegarder la réputation d'un innocent. Si les conclusions du labo sont conformes à nos suppositions, il peut retourner à son hôpital et oublier ce cauchemar.

Le chef leva les yeux sur Hugh puis sourit à Skye et brancha l'interphone.

— Les rapports du labo, s'il vous plaît.

Il coupa et ajouta :

— On n'a absolument rien trouvé dans la voiture.

— Ce n'est pas possible! s'écria Skye.

— Absolument rien, pas ça!

Sans un mot, la secrétaire entra, posa les rapports

sur le bureau du commissaire, et quitta la pièce. Le commissaire les tendit à Houston.

— Je ne peux pas le croire.

Skye mit ses lunettes d'écaille avant de prendre le rapport.

Le commissaire poursuivit aimablement :

— Il n'y a pas l'ombre d'une preuve que la fille soit jamais montée dans la voiture d'Othy.

Alors, pourquoi Fred O. s'était-il troublé quand Skye avait parlé d'empreintes qu'il n'avait pu effacer ? Il y avait sûrement quelque chose dans la voiture.

Soudain, la lumière se fit dans l'esprit de Hugh. Othy, pour une raison ou pour une autre, ne s'était pas servi de sa voiture. Il en avait emprunté une autre, celle de sa mère. Il avait grande envie d'exposer son hypothèse, mais, dans ce bureau, il préféra garder le silence.

— C'est bien la voiture d'Othy ? demanda Skye. Il n'en avait pas acheté une nouvelle cette semaine, par hasard ?

— Non, cette bagnole lui appartient depuis trois ans.

C'est alors que Skye y pensa à son tour.

— Il s'est servi d'une autre.

— Ou bien il est aussi irréprochable que sa voiture, rétorqua le commissaire. Et vous n'avez pas trouvé votre homme. En admettant qu'il existe.

— Mon témoin...

— Nous le cherchons, votre témoin. Vous l'avez renvoyée à Indio, je pense ?

— Elle est sur le chemin du retour, en ce moment même. (C'était une demi-vérité.) J'aimerais qu'il m'en soit donné acte : j'ignorais qu'elle était à Phœnix quand j'ai vu Hack hier soir. Oui, elle est venue avec ma secrétaire, mais je ne le savais pas. Quant au reste, nous avons bel et bien trouvé notre homme. Je sais très bien quand on me ment, et Othy vient de me mentir d'une façon flagrante. (Sa voix se fit tranchante.) Ce que nous n'avons pas touvé, c'est la bonne voiture.

Il allait partir sur un bref « merci » quand, d'une voix calme, le commissaire proposa :

— Vous n'aimeriez pas prendre connaissance du rapport sur la clef anglaise qu'on a trouvée sous le pare-chocs de votre client?

Hugh eut un coup au cœur.

— Si, volontiers, dit Skye en se retournant.

— Elle ne portait aucune trace, elle non plus. Ou du moins elle a été essuyée avec tant de soin qu'on n'en a relevé aucune.

Il ajouta avec un sourire professionnel :

— J'ai été ravi de vous voir, Houston.

— Moi de même.

Hugh attendit d'être au coin du Palais de Justice pour dire :

— C'était la voiture de sa mère.

— Qu'en savez-vous? (Skye était nerveux.)

— Je n'en sais rien. Mais s'il ne s'est pas servi de la sienne, c'est qu'il en a emprunté une. Celle de sa mère, logiquement. Comme les gosses. Comme tout le monde. A qui donc croyez-vous qu'appartienne la voiture dans laquelle je circule?

— Très bien, très bien. Je verrai si les policiers ont suivi cette piste.

Skye ajouta en fronçant les sourcils :

— Ne vous montrez pas trop aujourd'hui. S'il y a du nouveau, je vous téléphonerai.

— Chez Ellen, dit Hugh machinalement.

Mais non, il n'irait pas chez Ellen; il ne rentrerait pas davantage chez ses grands-parents. Alors, où passer le reste de la journée?

Il aperçut un cinéma et y entra.

Quand il en sortit, vers sept heures et demie, il se dirigea vers le parc de stationnement où il avait laissé sa voiture. En passant devant un drugstore il hésita, puis franchit le seuil. Après avoir bu un milk-shake, il s'enferma dans une cabine téléphonique et appela Ellen. Elle répondit à la première sonnerie.

— Où étiez-vous? protesta-t-elle.

— Ici et là. Rien de nouveau pour moi?

— Si, Skye a téléphoné il y a des éternités. Avant le dîner. Il voulait que vous preniez contact avec lui dès que possible.

— Vous avez dîné?

— Je termine.

— Je mange un morceau et j'arrive.

— Venez directement. Vous pourrez commander quelque chose ici.

— D'accord, je viens.

Elle demanda, soudain inquiète :

— Vous n'êtes pas au commissariat de police de Scottsdale?

— Non. (Il rit malgré tout.) Je suis en ville. J'arrive tout de suite.

Il raccrocha et appela le domicile de Skye. Pas de réponse.

Il se fraya un chemin à travers la cohue jusqu'à la sortie du drugstore et regagna sa voiture.

Il descendit Jefferson Street, passa devant la maison de ses grands-parents, dont les fenêtres brillaient dans la nuit. Il leur téléphonerait de chez Ellen, pour les rassurer. Son absence, qui durait depuis le début de la matinée, devait les inquiéter.

A la hauteur de la 24e Rue, il bifurqua pour prendre l'avenue Van Buren, passa devant les Palmiers sans s'y arrêter et gagna le grand parc de stationnement circulaire destiné aux clients du bar et du restaurant, et toujours encombré. Sa voiture avait plus de chances d'y passer inaperçue.

Dans le pavillon, la télévision fonctionnait. Ellen baissa le son.

— Je n'ai pu m'empêcher de m'inquiéter, dit-elle. Pas signe de vie de toute la journée. Et Skye avait l'air préoccupé. Mais il n'a rien voulu me dire.

— J'ai essayé de le joindre.

— Il dîne en ville. Il rappellera.

Elle scruta les traits de Hugh, comme si elle l'avait soupçonné de chercher à lui donner le change.

— Je suis allé au cinéma, dit-il.

— Quoi?

— Oui. C'était un bon refuge, non? Classique, mais sûr. (Il s'assit sur le bras du fauteuil.) Skye m'avait conseillé de ne pas trop me montrer. Après notre visite à Othy, ce matin.

Ellen sentit son inquiétude s'accroître, mais n'en laissa rien paraître.

— Vous n'avez rien avalé de toute la journée? Commandez quelque chose tout de suite, vous me raconterez ça en attendant qu'on vous serve.

— Skye ne vous a vraiment rien dit?

— Non, pas un mot.

Hugh commanda un steak. Il venait tout juste de regagner son fauteuil quand le téléphone sonna.

— C'est sûrement Skye.

Il se leva d'un bond, mais elle était déjà debout.

— Attendez.

A son visage, il comprit tout.

— Le type a téléphoné, c'est ça?

— Je ne sais pas. Je décroche mais personne répond.

Il bondit sur l'appareil.

— Allô!

C'était Skye.

— Vous aviez raison. C'était bien la voiture de sa mère.

Hugh ne put réprimer une exclamation de triomphe.

— Elle était à l'atelier. On recouvrait les sièges à neuf. Un cadeau du fils.

— Non!

— Pas bête, hein? Malheureusement pour lui, on a retrouvé des morceaux du vieux tissu. Avec des taches de sang.

— On l'a arrêté?

— Il s'est sauvé.

Hugh n'en croyait pas ses oreilles.

— Ils l'ont laissé filer. (Skye était furieux.) Il est peut-être au Mexique, à l'heure qu'il est.

— Certainement pas, répondit Hugh. Il a téléphoné au motel.

Il se félicitait d'avoir eu la sagesse de laisser sa voiture loin de la porte d'Ellen. Il imaginait facilement ce qui se passait : entre deux coups de téléphone, l'homme passait en voiture devant le pavillon, guettant l'apparition de la Cadillac blanche.

— Soyez prudent, recommanda Houston.

— Entendu. D'ailleurs, je ne crois pas qu'il y ait lieu de s'inquiéter. Le marshal a posté une voiture de patrouille dans le quartier.

— S'il est arrêté, je vous rappellerai. Rentrez de bonne heure. Je me sentirai plus tranquille quand vous serez chez vous au lit.

Mais Hugh ne pouvait et ne voulait plus rien changer à son plan d'action. Il rendrait visite à Doc Jopher. C'était pour ce soir ou jamais.

Le garçon qui les avait déjà servis lui apporta son steak et sortit.

Tout en mangeant, Hugh raconta à Ellen les événements de la journée. Après quoi, ils feignirent un

145

moment de regarder la télévision : sur l'écran passait un vieux western série B. Mais ils étaient beaucoup trop nerveux pour en suivre l'action.

— Vous devriez rentrer chez vos grands-parents, conseilla Ellen.

— Je m'en irai quand il aura retéléphoné.

— Il a appelé trois fois avant que vous arriviez, Hugh. Il ne recommencera pas ce soir.

A minuit, le film s'acheva et Hugh éteignit l'appareil. Ellen leva les yeux.

— Vous abandonnez?

— J'ai peur de ne pouvoir faire autrement. Bien que je n'aime guère vous laisser seule. (Cela, il l'avait dit souvent.)

— Et moi, je n'aime guère vous laisser sortir.

Il se dirigea vers les portes-fenêtres.

— Je vais sortir par ici. Je n'ai pas laissé ma voiture devant la porte, ce soir.

Ils restèrent un moment debout en échangeant un long regard. Puis — avait-elle senti qu'il avait des projets secrets? — elle se hissa sur la pointe des pieds, et lui effleura la joue de ses lèvres.

— Ne prenez pas de risques inutiles, implora-t-elle. Vous êtes assez dans le pétrin comme ça.

Elle resta sur le seuil jusqu'à ce qu'il ait fait un signe de la main et se soit enfoncé dans la nuit.

La porte-fenêtre se referma, mais la lumière filtrait encore au-dessous. Il savait qu'Ellen était restée aux aguets mais ne se retourna pas.

CHAPITRE VII

Hugh ne sut jamais d'où était venue la voiture. Il était parfaitement seul, roulant vers Washington Avenue; et puis brusquement, une voiture tous feux éteints surgit dans son rétroviseur. L'instant d'après, il était forcé de faire une embardée brutale en freinant à mort, à demi engagé sur le trottoir terreux. La scène s'était déroulée si rapidement qu'il n'avait encore rien compris quand il ouvrit la portière en demandant :

— Qu'est-ce que...

Alors tout s'expliqua. Fred O. descendait de l'autre voiture, un sourire mauvais aux lèvres, poings serrés, ramassé sur lui-même. Un complice demeuré au volant, invisible dans la nuit, ricanait d'une voix aiguë.

Dans la fraction de seconde où la situation lui apparut Hugh eut le choix entre deux tactiques : se replier dans sa voiture ou se battre dehors. Démarrer, il n'en était pas question, la Cadillac était bloquée contre le mur. Il sortit. Le combat ne serait pas égal, mais il ne le refuserait pas. Il possédait l'avantage de la taille. Mais c'était bien le seul. Il n'avait ni l'expérience ni la brutalité de Fred, ni renforts dans sa voiture.

Fred attendit qu'il ait claqué la portière. Ses yeux, dans la nuit, brillaient de satisfaction.

— Vous feriez mieux de filer, lui lança Hugh. Les flics vous cherchent.

— Attends un peu, salaud de nègre, je vais t'apprendre à moucharder! Je vais t'en faire passer le goût, tu vas voir!

— Vous n'avez pas assez d'ennuis comme ça?

Hugh, parfaitement maître de lui, attendait l'attaque de pied ferme.

— C'est rien à côté de ceux qui t'attendent, sale négro!

Fred fonça et cogna de tout son poids. Hugh fut projeté contre l'aile arrière de sa voiture. Une rapide esquive lui avait évité de recevoir le coup dans le bas-ventre. Mais il avait perdu l'équilibre. Il riposta pourtant. Son poing atteignit le visage de Fred, mais pas assez fort pour le stopper. Fred continua à avancer et lui décocha un crochet qui le fit tournoyer sur lui-même. Hugh savait qu'il avait le dessous. Il manquait d'entraînement. En outre, il craignait d'avoir eu une côte brisée.

— Vas-y, Fred! Sonne-le! Assomme-le!

C'était une voix de femme, haletante, suraiguë. Jamais Hugh n'aurait imaginé que le compagnon de Fred pût être une femme. Peut-être fut-ce le dégoût qui lui fit, un instant, baisser sa garde. Un coup d'épaule le fit trébucher, et, avant qu'il n'eût repris son équilibre, le genou de Fred le cueillit en plein visage. Hugh se plia en deux, s'écroula à quatre pattes; d'instinct, il tenta de se protéger la figure et la tête avec ses bras.

— Tu l'as eu! glapit la fille exultante.

Un coup de pied broya le flanc de Hugh, mais il ne bougea pas. Recroquevillé sous la douleur, il essayait de reprendre haleine. Il voulait, avant de perdre conscience sous les coups, se relever et tuer Fred.

— Vas-y! Cogne dessus! vociférait la fille.

Soudain, elle poussa un cri aigu:

— Fais gaffe, Fred! Les flics!

Hugh encaissa un nouveau coup de pied, mais moins appuyé. Fred n'eut pas le temps d'achever sa besogne. Hugh l'entendit se précipiter dans sa voiture et claquer la portière. Mais il ne perçut ni le bruit du gravier sous les roues ni le rugissement du moteur. Il s'était évanoui.

Quand il rouvrit le yeux, il était au lit, dans une chambre qu'il ne connaissait pas. Ce n'était pas une chambre d'hôpital — là-dessus, on ne lui en remontrerait pas. Il perdit de nouveau conscience, mais pas complètement. Vaguement, très vaguement, il entendait des voix. Mais il n'arrivait pas à comprendre ce qu'elles disaient.

On l'avait drogué. Au moins, il était assez conscient pour s'en rendre compte. Il lutta pour ne pas s'évanouir tout à fait, pour forcer ses yeux à rester ouverts. Il ne distinguait pas les visages. Seulement des silhouettes imprécises. Mais les voix lui parvenaient. Celle de Skye, par exemple, froide, tranchante :

— Vous ne pouvez pas l'interroger. Il est encore inconscient.

— Combien de temps va-t-il le rester? (Ça, c'était Ringle.)

— Vous croyez qu'il simule, peut-être? (Skye se mettait en colère.) Votre propre médecin a contrôlé le rapport du Dr Willis. Qu'est-ce qu'il vous faut de plus? Un miracle?

— Ne vous énervez pas. (C'était Hackaberry.) Nous savons qu'il est en piteux état. Othy s'est mis en rogne, et...

— Mis en rogne! coupa Skye rageusement. Dites plutôt qu'il a essayé de tuer Densmore!

— Mettons qu'il s'est défendu brutalement quand Densmore l'a coincé contre le trottoir.

Hugh essaya désespérément de parler, mais, tout de suite, une main lui saisit le poignet. Il ouvrit les yeux et vit Edward penché sur lui. Celui-ci lui fit un imperceptible signe de tête.

Ringle s'écria :

— Il revient à lui!

Mais déjà, Hugh n'était plus là.

Quand il reprit conscience, il se garda d'ouvrir les yeux.

— Il s'est constitué prisonnier dès qu'il a su que nous le recherchions, expliquait le marshal. Ce n'est pas le comportement d'un homme qui cache quelque chose.

— Il savait qu'on l'avait identifié quand il a tenté de tuer Hugh, rétorqua Skye.

— Justement, non. Personne ne l'avait vu, que Hugh. Othy n'était pas obligé de nous en parler.

— Il ment, affirma Skye. Sur toute la ligne. Et nous le prouverons!

Oui, mais comment? se demanda vaguement Hugh. Qu'avait donc raconté Othy? Lui avait-il mis sur le dos à la fois le meurtre et l'avortement? Les policiers ne demandaient qu'à le croire. Il était des leurs, lui, et pas un étranger à leur race, un homme à la peau noire...

Tout à coup, Hugh se sentit de nouveau flotter et tournoyer. Il lutta pour ne pas perdre pied. Mais en vain. Il sombra.

Quand il revint à lui, les voix s'étaient tues. Il se trouvait toujours dans la même chambre, mais il avait compris maintenant qu'on l'avait transporté chez Skye Houston.

Il ne savait pas si sa voix porterait. Sa bouche lui faisait mal.

— Quelle heure est-il?

— Il revient à lui!

Il sentit le parfum d'Ellen et réussit à soulever ses

paupières. Juste assez pour apercevoir son visage. Mais il ne distingua qu'une tache qui se penchait vers lui. Il grogna, en essayant de sourire :

— Je ne dois pas être beau à voir!

— Ça, non!

Sa vision se précisa peu à peu, et il reconnut au pied de son lit Skye Houston et Edward.

— Salut! murmura-t-il.

Puis il répéta :

— Quelle heure est-il?

Skye consulta sa montre.

— Bientôt six heures.

— Je croyais qu'on était demain, murmura-t-il. (Sa bouche lui faisait moins mal quand il parlait à voix basse.) Pourquoi le marshal et Ringle sont-ils venus?

Skye n'essaya pas de farder la vérité.

— Othy s'est constitué prisonnier, ce matin de bonne heure, expliqua-t-il. Il a avoué que jusqu'alors, il avait menti, par peur. Il a reconnu que Bonnie Lee était venue lui demander son aide pour la tirer d'embarras. Mais il prétend que l'enfant n'était pas de lui. Le père, à l'en croire, serait un des amis de Bonnie Lee, à Indio.

Jusque-là, c'était plausible. Elle se serait raccrochée à celui qui pouvait le plus pour elle. Or, à la différence de ses camarades de collège, Fred avait un métier, et il habitait une grande ville.

— Elle était en possession de cinquante dollars.

— Non! Elle n'avait que dix-sept *cents*... Plus le peu que je lui ai donné.

— Cinquante dollars, cachés dans la doublure de son sac. (Voilà pourquoi elle le tenait toujours serré contre elle!) Elle en avait gagné une partie, et pris le reste dans le portefeuille de son père. Othy l'a conduite à votre motel. Quand elle en est ressortie, c'était fait.

Voilà sa version. Les techniciens du laboratoire de la police ont pris possession du pavillon.

— Ils ne trouveront rien.

— Laissons-les chercher. C'est autant de temps gagné pour nous.

— Il m'accuse de l'avoir tuée?

— Il a lu le rapport de l'autopsie, lui aussi. Il sait comment elle avait été charcutée. Il prétend qu'il ne savait ni où l'emmener ni que faire d'elle. Elle était hors d'état de rentrer chez elle. Ni l'un ni l'autre n'avait de quoi payer une chambre d'hôtel. Il aurait garé sa voiture sur Indian School Road, pour se donner le temps de réfléchir. Tout à coup, elle aurait suffoqué et se serait effondrée, morte.

Si c'était vrai, l'avorteur et l'assassin ne faisaient qu'un seul et même homme.

— Ils l'ont arrêté?

— Il est en liberté sous caution. D'après ses dires, il n'aurait joué dans l'affaire qu'un rôle mineur, passible seulement d'une condamnation avec sursis.

— Il l'a tuée, s'écria Hugh d'une voix rauque. C'est pour ça qu'il a passé ces aveux, ne comprenez-vous pas? Il se sent serré de près et il a peur.

— Ne désespérez pas, intervint Skye. Les policiers vérifient tout, et plutôt deux fois qu'une. Ils cherchent des témoins...

— Quand reviendront-ils me chercher?

— Pas avant que le docteur ne vous ait autorisé à vous lever. C'est-à-dire pas avant plusieurs jours, j'espère, car j'ai besoin de temps.

Hugh devait à tout prix parler seul à seul à Edward. Il ferma les yeux.

— Je suis terriblement fatigué.

Sa ruse réussit. Ellen lâcha sa main.

— Laissons-le se reposer, dit-elle à Skye.

— Oui. D'ailleurs, il est presque l'heure de se mettre à table. Dînerez-vous avec nous, docteur Willis?

Hugh laissa à Skye et à Ellen le temps de quitter la chambre. Comme Edward allait sortir à son tour, il éleva la voix, malgré la douleur.

— Edward, avant que tu ne partes...

Edward s'excusa et revint sur ses pas. Les deux autres s'éloignèrent.

— Ferme la porte, chuchota Hugh.

Edward lui lança un coup d'œil hésitant. Puis il obéit et revint au chevet du lit.

— Je suis très amoché?

— Pas trop. Deux côtes enfoncées. Je t'ai bandé. Des contusions sérieuses, mais ni fractures, ni lésions internes.

— La famille est au courant?

— Tu as décampé avec un vieux copain pour un jour ou deux.

— Ils le croient?

— Pourquoi pas? Je ne suis pas mauvais comédien. (Edward lui toucha l'épaule.) Ne te fais pas de bile de ce côté-là, Hugh. Je m'en charge. Tu ne t'en es pas trop mal tiré, tu sais. Encore un jour au lit, et...

Hugh ne le laissa pas achever.

— Il me faut des médicaments.

Edward ne comprenait pas.

— Tu vas me bourrer de vitamine B 12. Et m'apporter aussi de l'amphétamine.

Edward avait l'intelligence rapide.

— Tu ne vas tout de même pas...

— Il le faut. Je n'ai pas encore vu Doc Jopher.

— Quelqu'un d'autre peut y aller.

Hugh se rappela à temps qu'il ne devait pas secouer la tête, mais il articula avec toute la force dont il était capable :

— Il faut que j'y aille moi-même.

— Demain, alors.

— Demain, il sera peut-être trop tard. Avec ou sans aide, je vais y aller.

Edward capitula.

— Quand veux-tu tout cela?

— Le plus tôt possible.

Edward, sans enthousiasme, se dirigea vers la porte.

— Je trouverai probablement les produits à Scottsdale.

— Naturellement, pas un mot, n'est-ce pas?

— Compte sur moi.

Edward sortit et referma la porte derrière lui.

Quand le bruit de ses pas dans le couloir se fut éteint, Hugh parvint à se glisser hors du lit et à se hisser sur ses jambes. Une fois le premier vertige dissipé, il réussit à gagner la salle de bains. Il ne resta pas longtemps debout. La prochaine fois, ça irait mieux, mais, après cette première tentative, il retrouva son lit avec soulagement. Peu à peu, il s'assoupit.

Quand Edward revint, il se mit immédiatement en devoir de préparer une piqûre.

— Double dose?

— Oui, s'il te plaît.

L'aiguille pénétra sous la peau. Il ressentit une vive brûlure.

— Ça ne fera pas grand effet ce soir, mais demain, tu seras en meilleure forme.

— Ça me retapera tout de même un peu. Et l'amphétamine?

Le D\r Willis tendit un flacon de plastique plein de comprimés.

— Tiens, mais n'en abuse pas.

— Je n'en prendrai qu'un. Pour tenir debout.

Edward rangeait sa seringue.

— Tu es bien décidé?

— Ce n'est pas que j'en aie envie, tu comprends, mais je ne peux pas faire autrement. (Il toucha le bras d'Edward.) Rends-moi encore un service. Demande qu'on ne me dérange pas pendant plusieurs heures. Il me faut bien ce temps-là.

Après le départ d'Edward, Hugh se leva et marcha jusqu'au placard. On avait emporté ses vêtements. Pour les jeter, peut-être; à moins que Skye ne les conservât comme pièces à conviction. Sans bruit, il sortit. En s'appuyant à la cloison du couloir, il atteignit une porte qu'il supposa être celle de la chambre de Skye. Il entra et alluma l'électricité. Dans une immense penderie, il passa en revue un impressionnant alignement de complets — malheureusement tous impeccablement repassés. Il finit par trouver ce qu'il cherchait, accroché à une patère : un vieux blue jean si décoloré que le fond et les genoux en étaient presque blancs. Il dénicha sans peine une paire de vieilles chaussures de tennis, et pêcha dans les tiroirs d'une commode une chemise de sport bleue délavée et de grosses socquettes blanches. Au moment de repartir, il songea à la ceinture. Il en trouva une noire, assez fatiguée. Il serait obligé d'y percer quelques trous de plus.

Il était fatigué. Non seulement par l'effort physique, mais par la tension, la hâte, la peur d'être surpris. Il regagna sa chambre en titubant et ferma la porte à clef.

S'habiller ne fut pas une mince affaire. Chaque mouvement redoublait la douleur.

Restait à trouver les clefs de la Cadillac. Car, faute de pouvoir emprunter une autre voiture, force lui serait de la prendre, si voyante qu'elle fût. Ses affaires personnelles devaient se trouver quelque part dans la chambre. A l'hôpital, les infirmières mettaient toujours celles des malades dans le tiroir de la table; cela semblait aller de soi. C'est là, qu'en effet, il trouva les siennes : son porte-feuille, les clefs, de la monnaie, ses cigarettes et son briquet. Il enfouit le tout dans ses poches. Il était prêt à partir.

Silencieux comme un chat, il ouvrit la porte du couloir, non sans avoir également fourré dans sa poche le flacon de plastique.

Il sortit par le patio. La voiture était garée derrière la maison, comme il l'avait prévu. Il se glissa au volant, tira de son portefeuille le précieux bout de papier, et, à la lueur des lampes du tableau de bord, il révisa l'itinéraire qui devait le mener à la maison de Doc Jopher.

La maisonnette se détachait comme un dessin d'enfant sur le ciel de la nuit. Elle se dressait, à l'écart de la grande route, sur une hauteur, au milieu d'un jardin en friche.

Hugh dépassa le perron, et alla ranger sa voiture de l'autre côté, là où elle ne serait pas en vue. Quand le moteur se tut, d'un seul coup, les stridulations des criquets devinrent assourdissantes.

Hugh gravit les trois marches branlantes du perron. Quand il posa le pied sur le plancher de la galerie, des aboiements furieux éclatèrent à l'intérieur de la maison.

Il essaya d'ouvrir la contre-porte de treillage, mais elle était assujettie par un crochet. Il tâtonna en quête d'une sonnette, en trouva bien une, mais dépourvue de bouton. Il frappa à tout hasard sur le cadre de bois, et tout le treillage vibra. Les aboiements redoublèrent, mais rien ne bougea.

Hugh attendit. Il songeait à recommencer à frapper quand une petite ampoule s'alluma au-dessus de sa tête. Derrière le panneau quelqu'un luttait avec un verrou. L'instant d'après, la porte s'entrouvrit, laissant

156

apercevoir une silhouette massive. Le chien ne se montra pas. Il s'était tu au moment précis où la porte s'ouvrait.

Hugh prit une pointe d'accent du Sud.

— Vous êtes bien Doc Jopher?

L'homme glissa un œil par l'entrebâillement.

— Oui, je suis le docteur Jopher, répondit-il. (Puis il tendit le cou pour mieux voir.) Qu'est-ce que tu me veux? Parle, mon gars.

Son haleine souillait l'air de la nuit d'une aigre senteur de vinasse.

— J' suis embêté, dit Hugh à voix basse.

— Comment ça? Explique-toi.

— Ben, voilà... (Il essayait de trouver les paroles auxquelles le docteur pouvait s'attendre.) J' suis embêté. C'est ma petite amie, vous comprenez... elle est...

— Vous avez vos médecins, coupa le vieil homme presque en colère. Je ne soigne pas les noirs.

Déjà, il refermait la porte. Hugh s'empressa d'ajouter :

— J'ai de l'argent. Beaucoup d'argent.

Sans doute avait-il réussi à éveiller l'intérêt de Doc Jopher, car la porte resta ouverte.

— Je pourrais payer jusqu'à... cent dollars.

Jopher se passa la langue sur les lèvres et s'enquit d'un air soupçonneux :

— Comment as-tu eu l'idée de venir ici?

— J'ai entendu des gars causer... là où je travaille.

— Ils n'ont sûrement pas dit que je soignais les noirs.

— Non, ils n'ont pas dit ça. (Hugh baissa la tête.) J'y avais pas pensé. Mais je paierais bien cent dollars.

Certainement, Jopher passerait sur la couleur de la peau s'il y avait de l'argent à rafler.

— Ce n'est pas que je sois raciste, expliqua-t-il

comme pour lui-même. Mais ils n'ont qu'à s'adresser à leurs médecins.

Il hésita encore. Finalement, il se résigna à ouvrir la porte.

— Allons, entre, dit-il. On ne peut pas discuter sérieusement ici.

Il leva le crochet et poussa la contre-porte au grillage crevé. Hugh entra. Il se souvint du chien en l'entendant gronder. Il l'aperçut, à l'autre bout de la pièce : un vieux collie qui perdait ses poils, vautré sur un fauteuil aussi crasseux que lui.

— Entre, répéta le docteur. Il ne te mordra pas.

Hugh referma la porte d'entrée.

— J'ai pas peur. J'en ai un aussi, de chien.

— Duc, descends de ce fauteuil, fit Doc Jopher avec un geste de sa grosse main. Laisse les gens s'asseoir.

L'animal ne bougea pas.

— C'est pas la peine, protesta Hugh.

Il s'empara rapidement d'une chaise cannée, épave d'un mobilier de salle à manger, car la cretonne avachie du fauteuil de Duc était grise de crasse.

— Jamais je n'arriverai à lui apprendre les bonnes manières. Dès que je tourne le dos, il grimpe sur ce fauteuil comme s'il lui était réservé. (Ce qui était manifestement le cas.) Mais assieds-toi, mon gars.

Jopher alla à la table qui se trouvait au milieu de la pièce, sous une suspension à abat-jour vert. Il saisit une bouteille de vin, et versa une rasade parcimonieuse dans un verre gluant.

C'était un gros homme flasque, presque aussi grand que Hugh, avec une tête énorme, des bajoues pendantes, un gros nez bourgeonnant d'ivrogne. Il n'avait de propre, du moins en apparence, que son épaisse chevelure blanche. Son pantalon gris, informe, était constellé de taches de vin et sa chemise de sueur.

158

La pièce n'était pas vraiment sale; mais, à coup sûr, elle n'était pas propre. Elle était meublée d'un tapis usé jusqu'à la corde, de quelques chaises pareilles à celles que Hugh avait prise, de la table du milieu, d'un vieux buffet, et, contre la cloison, à côté d'une porte close, d'un antique canapé de cuir noir, dont Hugh, au bord de la nausée, se demanda s'il ne servait pas de table d'opération.

Le vieil homme goûta le vin, se lécha les lèvres, but une autre gorgée. Puis il s'assit dans un rocking-chair défoncé.

— Je ne m'attendais pas à avoir de la visite, dit-il.

Il avala encore une gorgée, et demanda de nouveau en glissant un regard en coin vers Hugh :

— Qui t'a envoyé ici?

— J'ai pas dit que quelqu'un m'a envoyé, répliqua Hugh. J'ai entendu des copains causer. Y en a un qui racontait que vous vous étiez occupé de son amie.

— Et que je l'avais fait pour cent dollars?

— Il a dit qu'il avait pas plus de cent dollars, et que vous vous êtes occupé d'elle.

— Où as-tu trouvé tout cet argent?

Les yeux noyés d'alcool avaient tout de même remarqué l'apparence passablement dépenaillée de Hugh.

— J'ai économisé sur ma paye. Et puis, j'ai emprunté à une maison de crédit.

La réponse sembla satisfaire le docteur, qui se balançait sur son rocking-chair.

— Et pourquoi ne l'épouses-tu pas, ta petite amie?

— Ben... j' peux pas... (Hugh ne s'attendait pas à des questions de ce genre; il ne s'y était pas préparé. Il dut improviser à mesure qu'il répondait.) Elle est déjà mariée. Son mari est dans l'armée. En Europe. Ça fait plus d'un an qu'il est parti.

Jopher, soudain, éclata d'un petit rire sec.

— Tu es dans un vilain pétrin, hein, mon gars?

— Ça oui, m'sieur. Pour sûr!

Jopher se versa une nouvelle rasade. La bouteille était presque vide.

— Ma foi, je pourrais m'occuper de toi. (Il but sans cesser de se balancer.) A condition que tu mettes l'argent sur la table. C'est comme ça que je traite les affaires, moi: l'argent sur la table.

— J'ai ce qu'il faut, assura Hugh.

— Très bien. Alors, amène-la ici ce soir, ton amie.

— Que je l'amène ce soir? (Hugh ne put cacher sa stupeur. Il avait bien pensé qu'il faudrait montrer l'argent pour appâter le piège; mais la fille imaginaire, non!) Ce soir?

— Parfaitement, ce soir. Si tu veux que je m'en charge. (Un vague sourire vint flotter sur les grosses lèvres.) Demain, j'ai l'intention d'aller faire un petit tour au Mexique.

Hugh hésitait.

— A quelle heure vous voulez que je revienne?

— Dès que tu pourras. Je ne sors pas, ce soir.

— Va falloir que je lui dise, marmonna Hugh.

Il ne savait que faire. Mais le garçon dont il jouait le rôle n'aurait pas été moins perplexe.

Il eut du mal à se lever de sa chaise. Dès qu'il bougeait, la douleur se réveillait.

— N'oublie pas d'apporter l'argent. Pas la peine de revenir si tu ne peux pas le poser sur la table.

— Je l'apporterai.

Hugh pénétra dans la maison par la cuisine. Dans le salon, il trouva Ellen seule, devant le feu, tenant un livre qu'elle ne lisait pas. Une cafetière fumait sur la table.

160

Quand Ellen l'aperçut, elle se dressa d'un bond comme si elle avait vu un fantôme.

— Qu'est-ce que vous faites ici? Où avez-vous pris ces vêtements?

Hugh eut tout juste la force d'atteindre le divan, et s'y laissa tomber.

— Je les ai empruntés à Skye. Je n'avais pas le temps de lui demander l'autorisation.

Il essaya d'allumer une cigarette, mais sa main tremblait trop. Elle tendit son briquet.

— D'où venez-vous? demanda-t-elle.

La fumée lui faisait tourner la tête, mais il en avait besoin.

— De chez Doc Jopher.

Il fallut à Ellen quelques instants pour se convaincre que Hugh disait la vérité.

— C'est lui? demanda-t-elle.

— Je ne sais pas encore. Je dois y retourner. Avec mon amie. Et cent dollars.

Il ajouta, désespéré :

— Mais où trouver cent dollars à cette heure-ci?

— Je les ai presque. J'ai encaissé un chèque hier.

— Moi, j'ai une vingtaine de dollars...

— Attendez plutôt que Skye rentre. Il vous accompagnera, il vous aidera.

— Non. Il est trop connu. Cela risquerait d'éveiller les soupçons de Doc Jopher. Il faut que je fasse ça moi-même, Ellen. S'il reconnaît qu'Iris est venue chez lui, c'est suffisant. Ensuite, les policiers pourront se charger du reste. Ils trouveront bien une trace de la venue de la pauvre fille, et, avec un peu de chance, de celle de Fred O...

— Mais alors, pourquoi ne le font-ils pas d'eux-mêmes?

A jeter aux chiens.

— Parce qu'ils ne pensent pas que Doc Jopher soit coupable.

— Et vous vous imaginez qu'ils vous croiront, mon pauvre Hugh, si vous affirmez qu'il l'est?

— Non, ils ne me croiront pas sur parole. Mais ils n'oseront pas se dispenser de vérifier. C'est mon dernier espoir.

Sans ajouter un mot, Ellen quitta la pièce. Hugh se versa une tasse de café, et, avec la première gorgée, il avala un comprimé. Pour tenir le coup cette nuit, il avait besoin d'autant de stimulants qu'il en pourrait supporter.

Il buvait une seconde tasse quand Ellen reparut. Elle serrait son sac à main sur sa poitrine. Elle ne l'ouvrit pas.

— Votre petite amie, c'est moi, déclara-t-elle.

— Non! (Ellen dans la tanière de Jopher, c'était inconcevable.) Il n'en est pas question.

— Vous avez besoin de moi.

— Inutile, je ne vous emmènerai pas. Vous n'avez aucune idée...

— Je ne suis pas une mauviette, vous savez. Je n'ai pas peur, et je joue la comédie aussi bien que vous!

— Non!

— Alors, vous n'irez pas du tout, Hugh. (Ses mains se crispèrent sur le sac fermé.) Parce que je ne vous laisserai pas partir seul. Pas dans l'état où vous êtes.

Ils échangèrent un long regard. Ellen comprit qu'elle avait gagné la partie.

— Je suis prête dans cinq minutes. (Elle lui tendit son sac.) Vous m'attendrez?

Il prit le sac.

— Je vous attendrai, promit-il.

Il rassembla leurs ressources pécuniaires, et fourra des billets en vrac dans plusieurs de ses poches. Il garda trois coupures de vingt dollars pour les confier à Ellen. Il serait peut-être bon d'avoir un moyen de faire traîner les choses.

Les cinq minutes étaient à peine écoulées quand Ellen revint. Elle ne s'était pas déguisée. Elle portait la même robe, mais elle avait remplacé ses escarpins par des sandales de plage. Sans rouge à lèvres, les cheveux tirés en arrière par un bandeau élastique, elle était transformée.

— Je suis prête, dit-elle.

Elle passa un manteau écossais trop grand pour elle.

— Je l'ai trouvé dans un placard, expliqua-t-elle.

Hugh lui donna les trois billets de vingt dollars, en lui exposant ses raisons. Elle en mit deux dans la poche du manteau et un dans son sac.

— La voiture est derrière, dit Hugh.

Il eut un peu de mal à se lever, mais une fois debout, il se sentit assez bien. Des élancements douloureux dans tout le corps, mais pas d'éblouissements.

Il gara sa voiture au même endroit, à quelque distance derrière la maisonnette de Jopher.

A leur approche, le chien se mit à aboyer à tue-tête.

— Il aboie, mais il ne bouge pas de son fauteuil, chuchota Hugh.

Ils montèrent les marches boiteuses, et Hugh frappa. Cette fois, la petite lampe ne s'alluma pas. La porte s'entrouvrit précautionneusement, laissant apercevoir deux yeux troubles et un nez turgescent.

— Déjà de retour, dit Doc Jopher. Entrez, entrez, ne restez pas là.

Hugh poussa Ellen en avant, en prenant soin de rester entre elle et le docteur.

Le chien, de son fauteuil, émit un vague grognement.

— Tu as l'argent?

— Pour sûr que je l'ai, répondit Hugh avec assurance.

Le docteur considéra Ellen.

— Assieds-toi là, ma fille, et reste tranquille. (Sa voix était pâteuse.) On s'occupera de toi dès qu'on aura réglé notre petite affaire.

Il tituba jusqu'à la table et avala les dernières gouttes de son verre de vin. Le chien, sans raison apparente, leva la tête et gronda.

— La paix, Duc!

Comme si sa gorgée de vin l'avait ressuscité, Jopher braqua sur Hugh un regard aigu.

— Maintenant, mon gars, donne-moi les cent dollars et finissons-en.

— Vous allez faire ça comme il faut, au moins? dit Hugh d'un ton de profonde méfiance; je voudrais pas qu'il lui arrive quelque chose, à la pauvre fille.

Jopher ne se vexa en aucune façon.

— Sois tranquille! Allons, donne.

Il tendit une main qui tremblait.

— Je ne voudrais pas qu'il lui arrive un accident, répéta Hugh hésitant. Quelque chose comme ce qui est arrivé à cette petite Blanche qu'on a repêchée dans le canal.

— Ce n'était pas ma faute, expliqua Doc Jopher de bonne grâce. Elle allait très bien quand elle est sortie d'ici.

Hugh frissonna. Il avait peur que, tout abruti d'alcool qu'il fût, Jopher ne finisse par apercevoir la portée de sa phrase. Mais, bien vite, il se rendit compte que le docteur s'en souciait comme d'une guigne. Que pouvaient faire ces deux pauvres bougres de nègres? Le dénoncer? Ils se seraient accusés eux-mêmes!...

— Si tu veux que je m'occupe de ton amie, sors un

peu tes billets! (Le docteur perdait patience.) Et ne te mêle pas de ce qui ne te regarde pas.

Hugh fouilla dans sa poche. Il entreprit d'en extraire les coupures froissées une à une.

— Fred dit que c'est de votre faute, pleurnicha-t-il. Il dit que vous avez tué Bonnie Lee.

Ellen, dans le fond de la pièce, laissa échapper un gémissement. Était-ce elle, ou son personnage, qui faiblissait?

— Eh bien, il ment, mon gars. Il sait très bien que la fille est sortie d'ici sur ses deux pieds.

La main tremblotante de Doc Jopher se tendait, avide. Hugh y posa quelques billets.

— C'est vous qui le dites. (Pour mieux manifester sa défiance, il recula d'un pas, en serrant ferme le reste de l'argent dans son poing.) Y a même pas de table d'opération, ici. Comment que vous allez faire pour opérer sans ce qu'il faut pour ça?

D'un grand geste du bras, le docteur désigna le vieux canapé dépenaillé.

— Voilà où je vais opérer. Comme d'habitude. Si c'est un hôpital qu'il te faut, qu'est-ce que tu es venu faire ici?

— Oh, non, m'sieur, non, m'sieur. (Hugh renchérit sur l'accent.) Pas d'hôpital, m'sieur!

— Alors, finissons-en.

La main tendue tremblait sur la table. Hugh commença à lisser un billet entre ses doigts. Puis il marqua une nouvelle hésitation.

— Vous avez bien des (il ne dirait pas : « instruments »)... des outils?

Une grimace de fureur tordit la figure de Jopher.

— Bien sûr que j'ai des instruments, tonna-t-il. Je suis un médecin, moi. Pas un de ces charlatans qui se servent d'épingle à chapeau! Tiens, viens voir.

Hugh le suivit jusqu'au canapé.

— Baisse-toi, mon gars, tu es plus jeune que moi. Baisse-toi et attrape la trousse qui est là-dessous.

Hugh s'agenouilla. Sur un matelas de poussière, une trousse gisait. Semblable à la sienne, mais vieille comme le monde. Il la sortit de sa cachette.

— Passe-moi ça.

Hugh obéit. Il allait se relever, mais le docteur l'arrêta.

— Il y a aussi un bassin là-dessous. Tu le sens? Bon. Sors-le. Très bien.

Hugh se releva, tenant un bassin dont l'émail s'écaillait. Une alèse de toile caoutchoutée y était pliée. Le docteur la désigna du doigt.

— Secoue-la et étends-la sur le canapé. (Le tissu était plein de taches, mais propre. Il avait été nettoyé.) Parfait. Pose le bassin là. Bon. Maintenant, viens ici.

Doc Jopher retourna à la table et jeta sa trousse au milieu dans la lumière de la lampe. Hugh se glissa en face de lui.

— Regarde. (Jopher ouvrit la trousse. Elle n'était pas fermée à clef.) Tu vois ces « outils »? Ce sont des outils de médecin... Ce qui se fait de mieux dans le genre, même...

Il se redressa de toute sa taille. Ses yeux larmoyants se posèrent sur Hugh.

— Tu es satisfait, mon gars? (Il prit le silence de Hugh pour un acquiescement.) Alors, paie et mettons-nous au travail. Si tu veux, tu peux rester ici. Tu verras par toi-même que tout se passera bien.

Hugh en avait plus qu'il n'en fallait pour saisir la police. Il tendit ce qu'il lui restait d'argent dans la main.

Le chien grogna.

— La paix, Duc!

Doc Jopher compta à mi-voix.

— Mais il n'y a que quarante dollars!

— C'est elle qui a le reste, s'empressa d'expliquer Hugh, en se dirigeant vers Ellen.

Elle leva les yeux sur lui pour demander des instructions. Sous un prétexte ou sous un autre, il fallait qu'ils sortent de là immédiatement. Sur un imperceptible signe de tête de Hugh, Ellen se leva.

Soudain, le grondement du chien se fit menaçant.

Le docteur s'impatientait.

— Alors, cet argent, vous l'avez oui ou non?

Ellen ouvrit son sac et en sortit la coupure de vingt dollars. Puis elle extirpa les deux autres de la poche de son manteau. En les prenant, Hugh lui souffla :

— Préparez-vous à vous sauver, si je ne le peux pas. Appelez la police...

Les billets à la main, il revint vers la table.

C'est alors qu'il vit la porte de la cuisine s'ouvrir. Dans l'encadrement, une ombre énorme, celle de Ringle, qui se glissait dans la pièce sans faire le moindre bruit. Derrière lui se faufilait la silhouette élancée de Venner.

La voix de Ringle s'éleva.

— C'est moi qui vais le prendre, cet argent, Doc.

Lentement, Doc Jopher se retourna. Il demeura un long moment immobile, figé. Ses yeux embués d'alcoolique regardaient sans voir. Puis, quand Ringle s'avança dans la lumière de la lampe, l'espoir l'abandonna et il s'écroula dans le rocking-chair, sans réaction.

Ringle, lourdement, vint se planter devant Hugh. Très satisfait de lui, il déclara :

— Je vous arrête, vous et Doc Jopher, pour avoir préparé une opération chirurgicale illégale. Et comme co-responsables de la mort d'une mineure.

— Vous ne comprenez donc pas? s'écria Hugh.

Mais il vit bien que ses protestations resteraient vaines.

— Sauvez-vous, Ellen, cria-t-il en s'avançant vers les deux inspecteurs.

La matraque de Ringle l'étendit que le plancher. Quant à Ellen, Venner n'eut pas de mal à la rattraper sur le seuil.

Quand ils arrivèrent au commissariat de Scottsdale, on les fit descendre dans le poste de garde.

— Asseyez-vous là, ordonna Ringle en désignant des chaises alignées le long du mur. On va attendre le marshal.

— Quand le marshal arrivera, souffla Hugh à l'oreille d'Ellen assise près de lui, il nous laissera téléphoner à Skye.

— Il n'est sûrement pas chez lui, répondit Ellen. J'avais laissé sur le divan un petit mot lui indiquant où nous allions.

Jopher entreprit de démontrer son innocence.

— Voyons, monsieur Ringle, vous savez bien que je n'y aurais pas touché, à cette fille! Je voulais seulement voir jusqu'où ces deux nègres iraient. Après quoi, je les aurais fichus à la porte, et avec un bon coup de pied au derrière, par-dessus le marché! Et puis, demain matin à la première heure, je serais allé vous téléphoner, et je vous aurais tout raconté.

Ringle, qui peinait sur son rapport, ne leva même pas les yeux.

— Gardez ça pour le juge, Doc.

— En tout cas, vous n'avez pas le droit de m'arrêter, protesta Jopher. Vous appartenez à la police de Phœnix, et moi j'habite la campagne.

Un bruit de bottes sur les marches de l'escalier extérieur le fit taire. Le marshal entra. Un coup d'œil circulaire lui apprit l'essentiel. Il alla à la table où écrivait Ringle. Celui-ci se leva.

— On les a pincés en flagrant délit, annonça-t-il avec satisfaction. Densmore était en train de faire son affaire à une autre fille, avec le Doc.

Le marshal jeta un bref coup d'œil de côté sur les trois personnes arrêtées.

— Votre rapport?

— J'y travaille.

— Entrons, dit Hackaberry.

Il laissa Ringle et Venner pénétrer les premiers dans son bureau. Un des agents vint vers le trio et fit un geste du pouce.

— Moi aussi? s'enquit Jopher, avec hauteur.

— Vous aussi.

Avec l'aide d'Ellen, Hugh parvint à se hisser sur ses jambes.

— Besoin d'un coup de main? proposa l'agent.

— Ça ira comme ça.

Le marshal attendait. Il ne fit aucun commentaire sur l'état de Hugh, se contentant de l'observer. En arrivant à sa hauteur, Hugh demanda :

— Puis-je appeler mon avocat?

— Allez-y; mais j'ai déjà essayé de lui téléphoner, il n'est pas chez lui.

Ellen se dirigea vers la cabine du téléphone. Le marshal fit entrer Hugh dans son bureau et ressortit. L'agent suivit, et aida Hugh à s'asseoir.

Hugh se demandait combien de temps il tiendrait le coup. Il souffrait horriblement. Mais il lutterait de toutes ses forces pour ne pas flancher avant de s'être justifié.

Ellen le rejoignit en secouant la tête.

Un agent montait la garde devant la porte. Ringle, sans prêter attention à quiconque, perçait des trous dans une feuille de papier avec un bout de crayon. Venner ne tenait pas en place; il sifflotait entre ses dents, trop énervé pour se taire. Quant à Doc Jopher, il ne cessait de protester de son innocence d'un ton pénétré.

Le marshal ne venait toujours pas. Pas même quand Skye entra en coup de vent.

— Bon Dieu, dans quel pétrin vous êtes-vous fourrés? s'exclama-t-il à mi-voix.

Et, s'adressant à Ellen :

— Pourquoi l'avez-vous laissé sortir?

— Je n'ai pas pu l'en empêcher.

Elle ajouta, avec colère :

— Ringle l'a assommé!

— Il a seulement cogné un peu fort, grimaça Hugh.

Le sang recommençait à couler de sa bouche. Il l'étancha avec son mouchoir, déjà constellé de taches rouges.

— Quand j'ai lu le petit mot d'Ellen, j'ai décidé de passer par ici avant d'aller chez Doc Jopher. Je me doutais que votre pétard vous éclaterait dans la main.

— Je tiens Jopher, chuchota Hugh. Il a reconnu que Bonnie Lee est venue chez lui.

— Vous pouvez le prouver?

— La police le peut. Nous avons essayé de vous appeler.

— J'ai passé la soirée à la gare routière. J'ai trouvé des types qui se rappellent ce que Fred Othy disait de Bonnie Lee quand il ne se surveillait pas encore, c'est-à-dire avant qu'elle ne soit enceinte. Que s'est-il passé au juste chez le Doc?

Parler lui coûtait trop d'efforts. Hugh laissa Ellen raconter la scène à voix basse. Elle n'avait pas encore fini quand un agent fit entrer Fred O. Le marshal les suivait.

Dès qu'il aperçut Hugh et le docteur, Othy se mit à récriminer avec aigreur.

— A quoi ça rime de me tirer du lit au milieu de

la nuit? Je vous ai déjà raconté ce qui s'est passé!

— Assieds-toi et boucle-la, lui dit l'agent.

— Je me laisserai pas manœuvrer, cria Othy. Je veux un avocat!

— Pour quoi faire? Tu n'es même pas encore arrêté.
Fred O. se calma, provisoirement.

Skye arrêta Hackaberry au passage, et discuta quelques instants à voix basse avec lui. Quand il vint s'asseoir à côté de Hugh, il ne lui dit rien. Le marshal s'installa à son bureau.

— Alors, Ringle?

Du rapport de Ringle, une chose ressortait clairement : ce n'était pas par hasard qu'il avait fait irruption chez Jopher, avec Venner. Une patrouille de la police de Scottsdale avait repéré la voiture de Hugh se dirigeant vers le nord. Elle avait immédiatement averti les deux inspecteurs de Phœnix.

Ringle n'en lut pas plus. Il préférait raconter les choses à sa manière.

— On savait bien que si on ne pinçait pas Densmore la main dans le sac, on n'arriverait à rien. On a laissé la voiture sur la route. Le chien ne nous a pas entendus approcher. Nous avons tout vu par la fenêtre. Densmore a donné de l'argent à Jopher. Après, ils sont allés tous les deux vers le canapé, et Densmore a tiré d'en dessous la trousse du docteur et la lui a passée.

Seigneur! Ils avaient vu ce qui se passait, mais sans rien entendre!

— Densmore a donné au Doc le reste de l'argent qu'il tenait à la main, continua Ringle, et puis il est allé chercher la fille. C'est à ce moment-là qu'on est intervenus. On n'allait pas les laisser aller jusqu'au bout, vous pensez!

— Vous ne comprenez donc pas? cria Hugh pour la deuxième fois.

— Taisez-vous, coupa le marshal. Vous parlerez à votre tour.

Puis il s'adressa à Ringle.

— C'est tout?

— Oui, à peu près. Vous trouverez tous les détails dans le rapport.

Après un silence qui parut interminable, Hackaberry se tourna vers Hugh.

— Qu'est-ce que vous avez à dire?

Hugh n'essaya même pas de se lever. C'était déjà bien assez dur de parler.

— Je n'avais jamais vu Doc Jopher avant ce soir. Je n'étais jamais allé chez lui. C'est lui qui a fait avorter Bonnie Lee.

— Le menteur! gronda Othy. C'est lui!

— Silence! lui ordonna le marshal. Attendez votre tour. Continuez, Densmore. Pourquoi êtes-vous allé chez Doc Jopher ce soir?

Hugh le lui expliqua. La douleur le tenaillait de toutes parts; mais il ne se laisserait pas abattre par elle tant qu'il n'en aurait pas fini.

Le marshal devait pourtant savoir que Hugh disait la vérité — car c'était la vérité. Mais il ne le montrait toujours pas.

— C'est votre version, dit-il simplement.

Une version parmi d'autres, en somme...

Hugh insista.

— Envoyez vos techniciens là-bas. Ils relèveront les empreintes digitales de Bonnie Lee. Celles d'Othy également. Doc Jopher a tout avoué... Devant nous deux.

Il désigna Ellen de la main.

— Vous n'allez tout de même pas écouter deux négros et un vieux charlatan plein d'alcool? gronda Othy, pris de peur.

Était-ce l'insulte à sa compétence professionnelle?

Ou bien Jopher estima-t-il que le moment était venu de parler?

— Othy m'a amené la fille, déclara-t-il. Il est resté là pendant que je m'occupais d'elle.

Othy se dressa, hors de lui.

— Ta gueule, vieille ordure!

Les yeux de Doc Jopher prirent un éclat mauvais.

— Elle est sortie de chez moi debout. Elle était tout aussi vivante que lui et moi quand ils sont partis tous les deux.

Le marshal Hackaberry, sans élever le ton, s'adressa à Othy.

— Le labo a trouvé des poils de chien dans la voiture de votre mère. Or, vous n'avez pas de chien. Le Doc en a un. On verra si ce sont les siens.

— Je ne l'ai pas tuée, brailla Othy. C'est le Doc!

L'agent le retint à bras-le-corps.

Le marshal haussa la voix et déclara d'un ton qui n'admettait pas de réplique :

— Elle a été tuée d'un coup sur la tête, porté alors qu'elle était encore vivante. Il n'y avait pas de débris dans le canal. Les Zanjaros [1] ont fait leur tournée après avoir fermé les vannes pour la nuit. Et ils ne les avaient pas encore rouvertes quand on a trouvé le corps. Rien n'avait pu les franchir.

Jopher intervint d'une voix qui tremblait:

— Vous savez que je n'ai pas tué cette pauvre gosse, marshal. Jamais je ne ferais une chose pareille. Que j'aie essayé de l'aider d'une façon pas très légale, c'est possible. Mais tuer quelqu'un, ça, non!

On l'emmena.

Entre-temps, il avait fallu traîner dehors Fred Othy qui vomissait des flots d'injures.

(1) Surveillants des canaux d'irrigation en Amérique Latine et dans le Sud des États-Unis.

Ringle et Venner sortirent les derniers. Ringle, très flegmatiquement. Oui, il avait commis une petite erreur; mais, dans l'ensemble, il n'était pas mécontent. Il avait contribué à confondre Othy et Jopher, et cela sans prendre de risques, sans rien laisser à la chance, uniquement grâce à un travail méthodique et obscur. Quant à Venner, il n'avait pas désarmé. Hugh lui était encore plus odieux innocent que coupable. Les Venner ne changeront pas. Il faudra attendre une autre génération pour voir s'en éteindre l'engeance.

Hugh vit tout cela. Il entendit même le brouhaha des voix d'Ellen, de Skye, du marshal, qui précisaient des détails de l'affaire. Il aurait bien voulu ne pas gâcher leur plaisir, mais il sentait qu'il ne pourrait plus tenir très longtemps.

Avec précaution, il se leva de sa chaise, fit un pas. Le plancher se souleva et vint le frapper au visage.

CHAPITRE VIII

Si peu de temps auparavant, il avait parcouru cette route de Westwood vers Phœnix. Et voilà que, long-temps après, il la parcourait de nouveau, de Phœnix vers Westwood. Il avait le cœur léger, alors. Retrouve-rait-il jamais le même bonheur insouciant? Serait-il jamais lavé d'une faute qu'il n'avait pas commise?

Vers le milieu de l'après-midi, il atteindrait Blythe; avant le coucher du soleil, Indio. Il ne s'y arrêterait pas. On l'avait soigné comme un grand malade pendant près d'une semaine, et il se sentait en assez bonne forme, même si son visage était encore tuméfié comme celui d'un boxeur professionnel. Dans la soirée, il ferait sa tournée dans les salles du Centre hospitalier. Tout comme s'il ne s'était jamais rien passé. Tout comme s'il n'était jamais parti.

Son nom avait paru dans les journaux. Mais pas dans les manchettes. Pas comme celui d'un suspect — ou d'un nègre. Au milieu de l'article qui relatait l'arresta-tion de Fred Othy et du Dʳ Oren Jopher, un para-graphe anodin : « Le marshal H. C. Hackaberry a pré-cisé que le rôle joué par le Dʳ Jopher dans cette affaire a été mis à jour grâce au Dʳ Hugh Densmore, de Los Angeles, de passage à Phœnix. Les soupçons du Dʳ Densmore avaient été éveillés lorsqu'il avait entendu de la bouche d'un de ses amis, maître Skye Houston, avocat, les versions contradictoires données à la police par Fred Othy. » Rien de plus.

Peut-être faudrait-il tout déballer au cours du procès. Hugh y comparaîtrait en qualité de témoin. Avec la petite Lora, le pitoyable père Crumb, quelques chauffeurs d'autocar, et Doc Jopher, promu pour la circonstance, témoin de l'accusation. Mais il n'aurait plus peur de parler, alors! Il ne serait plus le bouc émissaire.

La route traversait Wickenberg. Hugh se tourna vers Ellen.

— Vous n'avez pas faim?

Elle eut un grand sourire.

— Après le petit déjeuner de votre grand-mère?

Évoquait-elle les mêmes souvenirs que lui? Le grand dîner offert par sa grand-mère, la veille. Avec Skye comme hôte d'honneur. Hugh les revoyait tous les deux, Skye et elle, se faisant leurs adieux sur le pas de la porte. Il s'était éloigné, pour les laisser seuls. C'est alors qu'Edward était sorti de la salle à manger et lui avait mis une enveloppe dans la main.

— Houston m'a chargé de te remettre ceci.

La note d'honoraires. Hugh attendit d'être seul pour en prendre connaissance. Non pas qu'il eût peur. Quel qu'en fût le montant, il pouvait payer. Il avait tout son avenir devant lui. Quand il la regarda, il n'en crut pas ses yeux.

Soigneusement détaillée, la note se montait à 10 000 dollars. En travers, un tampon : « Payé », et trois lignes griffonnées de la main de Skye : « Je vous l'avais dit : je suis cher. Mais mon trésor de guerre est déjà constitué. Je n'ai pas besoin de votre argent. Vous me paierez en nature quand j'aurai mon ulcère. »

Hugh se rappelait tant de choses qu'il n'oublierait jamais!

Ils se trouvaient de nouveau en rase campagne. Du sable à perte de vue, et, tout là-bas, les collines.

— Combien de temps resterez-vous à Los Angeles? interrogea Hugh aussi négligemment qu'il le put.

— Cela dépend des charmes que je trouverai à votre Université.

— Je n'aurai guère de temps, se lamenta-t-il. J'ai quinze jours d'absence à rattraper.

— Je ne suis pas pressée, dit-elle.

Un instant, il détourna les yeux de la route. Elle souriait. Pas à lui. Mais à leurs projets communs, et à sa certitude de les voir se réaliser un jour.

COLLECTION CARRÉ NOIR

Dernières parutions :

437.	Charles Williams	*Vivement dimanche.*
438.	Harry Whittington	*Vingt-deux.*
439.	Peter Cheyney	*La môme Vert-de-gris.*
440.	Ed McBain	*Les heures creuses.*
441.	J. Oriano	*O.K. Léon.*
442.	James M. Cain	*Dans la peau.*
443.	Robin Cook	*Crème anglaise.*
444.	Dick Francis	*Panique au pesage.*
445.	Van Hamme	*Largo Winch. Le dernier des doges.*
446.	Alan Green	*Un drôle de corps.*
447.	Ed McBain	*Branle-bas au 87.*
448.	Jim Thompson	*Deuil dans le coton.*
449.	Joe Gores	*Hammett.*
450.	Carter Brown	*Tous au pageot.*
451.	B.-J. Sussman & J.-P. Manchette	*L'homme au boulet rouge.*
452.	Richard Matheson	*De la part des copains.*
453.	Ed McBain	*Entre deux chaises.*
455.	Curt Cannon	*Faites donner le Cannon.*
456.	Dan Marlowe	*Sus aux sangsues.*
457.	William P. McGivern	*Sans bavure.*
458.	Charles Williams	*Mieux vaut courir.*
459.	Jean Amila	*A qui ai-je l'honneur ?*
460.	James M. Cain	*Le bluffeur.*
461.	Dolores Hitchens	*Dans l'intérêt des familles.*
462.	Thomas Reagan	*Un job en or.*
464.	Carter Brown	*Cash-sex.*
465.	Harry Longbaugh	*Soyons Régence.*
466.	Michael Maltravers	*La maladie de Chooz.*
467.	Ed McBain	*N'épousez pas un flic.*
468.	A. D. G.	*Je suis un roman noir.*
469.	Peter Cheyney	*A toi de faire ma mignonne.*
470.	Day Keene	*Je tire ma révérence.*
472.	Thomas Reagan	*La dernière virée.*
473.	Marc Behm	*Mortelle randonnée.*
474.	James Hadley Chase	*Ce n'est pas dans mes cordes.*
475.	W. R. Burnett	*Donnant donnant.*